孩子们和野鸭子

[苏]米·普里什文 著

韦 苇 译

二十一世纪出版社集团
21st Century Publishing Group

果麦文化 出品

目录

孩子们和野鸭子

一只矮小的母野鸭终于拿定主意，把自己的小鸭子们从林子里带出来。春天，湖水涨起来，把四周的斜坡地都淹没了。野鸭子们原来做窝的地方都泡了水，于是它们不得不远远地走四公里路，到沼泽林间的小土墩上去做窝栖身。现在，湖水退了，它们又远远地走上四公里，绕过村庄，下到湖里来。

这湖，才是它们的自由天地啊！

母野鸭时时刻刻护着它的小鸭子，只要是人、狐狸、老鹰容易看到它们的地方，它总是走在小鸭子的后面。当它们不得不穿过一条横在它们面前的大路时，不用说，母鸭得让小鸭子跑在前面，自己好在后面照管它们，以便让它们安全地穿过大路。

就在这时，野鸭子们被一群村童发现了。他

们摘下帽子来扑罩野鸭。这下，鸭妈妈可慌了，它张开阔大的嘴巴，紧张地跟在小鸭子后面跑；它张开翅膀在近处飞，一会儿飞到这边，一会儿飞到那边，不知道怎样去保护自己的小鸭子。孩子们正在扔帽子扑罩大鸭子和小鸭子，想要捉住它们的时候，我走了过去。

“你们抓小野鸭做什么？”我声色俱厉地问。

他们停住了手，低声回答：“我们会放掉它们的。”

“既然要放掉，”我十分生气地说，“那干吗抓它们？这会儿母鸭在哪儿？”

“在那边蹲着哩！”孩子们七嘴八舌地回答。

我顺着他们指的方向看，在不远处的一个小土丘上，母鸭真的蹲在那儿，紧张地张开嘴，注视着。

“快！”我命令孩子们，“快把小鸭子通通还给它们的妈妈！”

他们好像很不乐意按我的命令去做。不过他们还是抱着小鸭子跑上了小土丘，把它们放下了。鸭子妈妈飞着后退了几步，可孩子们一回身走开，它就赶快飞跑过去救护自己的儿女了。它用鸭话对自己的孩子很快地说了几句，就跑进燕麦地里去了。跟着它跑进燕麦地的还有五只小鸭子。野鸭子一家就这样沿着燕麦地绕过村庄，继续下坡往湖里走。

我欣慰地摘下帽子，向野鸭子一家挥动着，边挥动边大声说：

“小鸭子们，祝你们一路平安！”

孩子们看着我的举动，听着我说的话，都叽里呱啦笑话我。

“小屁孩，你们笑什么？”我没好气地说，“你们想，它们走这么远的路，从那边高墩子上下到湖这里来，容易吗？马上给我摘下帽子，对鸭子们说‘再见’！”

孩子们在路上扑罩小鸭子时弄得脏兮兮的帽子，这下全都举到了头上，并且同声叫道：

“小鸭子们，再见！”

凤头麦鸡

（一个老护林员讲的故事）

每到春天，仙鹤就飞来了。

我们正拾掇（duō）犁耙（pá），准备春耕。我们这一带有个不成文的老规矩：仙鹤飞来过后十二天，动手春耕。

一场春雨过后，我们就着手犁地了。

我们的地在一个湖边，鸥鸟看见我们来，就都飞走了。白颈鸦、寒鸦成群飞来，在我们身后的犁沟里吃犁铧（huá）翻出来的虫子。它们悠闲地跟在我们后面，白颈鸦在的地方一道白，寒鸦在的地方一片黑。只有凤头麦鸡不落地，它们在我头顶上方飞着，叫着，样子很是不安。母凤头麦鸡早已蹲窝孵蛋去了。

“它们的窝应该就在不远的地方。”我想。

“是谁让您来的？”凤头麦鸡叫着。

“我吗？”我说，“是我自己要来的。那么是谁让你来的？你去年在哪儿过的？你在温暖的地方找到了什么？”

我正跟凤头麦鸡说着话呢。忽然，马不照直走，把犁拉到一旁去了，犁铧从犁沟里掉出来。我瞅了瞅马走歪了的地方，看见凤头麦鸡就蹲在马要走的犁路上。我对马呵斥了一声，叫它别乱走。凤头麦鸡飞开了，它飞起的地方露出来四个蛋。我仔细一看，窝已经散乱得不成形了，幸好还只是被犁铧剐蹭了一下，但是蛋已经滚出了窝——像搁在桌面上似的，一清二楚。

我为剐破凤头麦鸡的窝感到万分抱歉。我提起犁耙，绕开了蛋，一点也没碰着它们。

回家后，我把凤头麦鸡蛋的事一五一十地说给孩子们听：我犁着地，忽然马岔开了犁路，这时我看见了一个窝，窝边有四个蛋。

妻子说："那将来还能看到小凤头麦鸡哩！"

"等着瞧吧，"我说，"咱们播下燕麦，在燕麦地里就能见到它们了。"

我很快就去播了燕麦。妻子随后把地耙了一遍。我走到凤头麦鸡的窝边，对妻子招了一下手。她把马勒住，向我走来。

"瞧，"我说，"你好好瞧瞧，怪讨人喜欢的哩。"

妻子的慈母心肠一下流露出来：她先是万分惊奇，接着就心酸起来——这蛋就这么没谁来疼爱！她让马绕开这些蛋，继续耙地。

这块地，我一半种了燕麦，一半留着种马铃薯。燕麦播下后，过了好些日子，我和妻子到原来发现凤头麦鸡的地方去看——那里什么也没有了，也就是说，凤头麦鸡已经孵出小凤头麦鸡了。

我和妻子种马铃薯的那天，带上了我家的小狗卡多什卡。这狗太调皮，净捣蛋，在运河对岸草地上不停地欢跑，我也没有去管它。妻子坐着，我犁着地。蓦地，听见小凤头麦鸡尖声地叽叽大叫。我朝声音传来的方向一望，是卡多什卡这淘气的家伙在草地上追逐着四只小凤头麦鸡——它们通身一色的灰，腿细长细长的，凤头已经长出来了，几乎跟大凤头麦鸡没什么两样了，就是还不会飞。它们撒开两条细腿儿拼命逃啊，不让卡多什卡追上它们。妻子看着，觉得情形不妙，立即大声对我说：

“这可是我们的孩子啊！”

我喝住卡多什卡。它不听，照样追它的。

小凤头麦鸡们跑到河边，再没处跑了。

“不好，”我想，“它们要被卡多什卡逮住了！”

可小凤头麦鸡咚咚咚咚跳进了水里，它们不浮游，而是踩着水面飞跑。呵呵，那真麻利啊！细腿儿不多一会儿就踩过运河到对岸去了。

是水冷呢，还是卡多什卡到底还小、还不灵活呢？反正卡多什卡在河边站住，不再追了。卡多什卡正寻思着该怎么办的时候，我和妻子赶到了它身边，把它喊了回来。

白脖子熊

早些年，在西伯利亚，在靠近贝加尔湖的一个地方，我曾听人讲过一个关于狗熊的故事。说实在的，我倒并不信这会是真事，不过，这个讲故事的人说得非常肯定，还说这故事甚至还在西伯利亚的一本杂志上刊登过，这就由不得我不信了。

故事说的是，有一个守林的老头儿，住在贝加尔湖边上，平时，他捕捕鱼，打打松鼠什么的。有一次，他往窗外眺望，忽然看到一头大狗熊向他的小木屋没命地奔逃过来，一群狼在它屁股后头紧追不舍。

狗熊眼看着就完了……

但是这头大狗熊的头脑可灵活哩，它闯进了小木屋的外间，它一进来，门就随着咚的一声自动关上了。它这还不放心，还拼命地用身体紧紧地抵住柴门。

老头儿明白了眼前发生的是怎么一回事了，就从墙上取下他的猎枪，说："米沙[①]，米沙，顶住门！"

狼群扑过来，扑到门上，老头儿就从小窗口对着狼群瞄准，边瞄准边说："米沙，米沙，牢牢顶住门！"

他就这样打死了扑过来的第一只狼、第二只狼、第三只狼。他一面放着枪，一面对熊说："米沙，米沙，牢牢顶住门！"

第三只狼一倒下，狼群就哗地一下四散奔逃了。

从此，熊就留在小木屋里，整个冬天都在老猎人的保护下度过。开春，森林里的熊都从自己的洞穴里出来了，老猎人这才给这头在他家住了一整个冬天的熊的脖颈上拴了个白圈。他跟所有的猎人都打了招呼，让他们别打这头脖子上拴着白圈的熊，因为这头熊是他的朋友。

---

① 米沙：俄罗斯人俗称熊为"米沙"。

小山雀

我的眼睛里吹进了一粒细小的木屑渣儿。我才把它揉出来，另一粒细木屑渣儿又落进了我的眼睛里。

我这时才发觉，这细木屑渣儿是被风吹进我眼睛里的。它们从上面飘落下来，而我走着的小路在下风向，所以就纷纷扬扬飘进了我的眼里。

那么，风吹来的那一边一定有人在枯树上头砍什么东西。

我逆着风，在被木屑渣儿铺成的白色的山间小路上走着，稍稍抬头，一下就看到两只小不点山雀。它们身子幽蓝幽蓝的，雪白的脖子上有两道漆黑的斑纹，颈毛蓬松着，蹲在枯树干上，用嘴壳不停地啄凿着，从腐朽的木头里找小虫子吃。它们干活的动作非常麻利，眼看着这两只小山雀往树洞里越凿越深，我用望远镜久久地观察着它们干活，直到当中的一只露出一截小小的尾巴。

这时，我蹑手蹑脚地绕到树的另一边去，小步走近山雀翘出小尾巴来的那个地方，用手掌盖住了树洞。小山雀在树洞里静静的，一动不动，仿佛一下子就死过去了。我把手掌移开，拿手指轻轻触碰它的尾巴，它依然一动不动；我再用手指在它的小背上轻柔地抚刮了一下——它趴着，像被打死了一般。

而另外一只小山雀停在两三步远的小枝丫上，不住声地吱吱叫唤。不难猜想，它是在给它的伙伴出主意，让它静静趴着，别动弹。它定是在说："你趴着，别吱声，我在他旁边叫，等他来追我，我就飞开去，你可别发蒙，要抓紧时机逃掉。"

我并没有想要捉弄小山雀，所以就退到一旁，看接着会发生什么故事。那只自由的小山雀看见我并没走远，就提醒那只趴在洞里的小山雀：

“你最好还是继续趴着，别动，别吱声，他还站在近旁瞅着呢。”

于是我不得不耐心地站着，等着，观察着。

我就这样久久地站着，直到那只自由的山雀不再用特别的声调喋喋地叽叽喳喳。我猜想，它一定是说：

“出来吧，他就是那么一直站着，能拿他怎么办呀。”

尾巴不见了，脖颈上带条纹的小脑袋伸了出来。它叽地叫了一声，说：

“他在哪儿？”

“喏，在那边站着哪，”自由的小山雀也叽地叫了一声，说，“看见了吗？”

“啊，看见了！”那只受困的小山雀说。

于是它冷不丁地忽一下一声飞出洞来。

它们只飞了几步远。它们准是急于要告诉对方：“咱们来瞧瞧，他到底走了没有。”

它们站在一根高枝上。在那里，它们双眼直溜溜地盯着我看。

“还站着哩。”一只说。

“就赖着不走呢。”另一只说。

说完，两只小山雀便飞走了。

小仙鹤

我和妻子曾经历过这么一回事。有一次，我们逮住了一只小仙鹤，给它喂了一只青蛙，它一口就吞进了肚。我们给它第二只，它又一口吞了。我们给它第三只、第四只、第五只，直到我们手头的青蛙一只不剩。

“这小家伙真聪明！”妻子说。她随即问我：“它能吃多少只青蛙呀，能吃十只？”

“十只，”我说，“看来行。”

“要是给它二十只呢？”

“二十只，”我说，“那恐怕就……”

我们把这只小仙鹤的翅膀剪短了一截，它就飞不起来了。从那以后，它就追着我的妻子到处跑。她去挤牛奶，小仙鹤也跟着她；她到菜园里去，小仙鹤也必跟到菜园里去；连她去地里干农活，外出打水，它也在她屁股后头颠颠地跟着。妻子跟它处得熟了，就如同自己的孩子一般，甚至，没有它跟着，她就会感到孤单，所以她到哪儿都要带上它。要是眼前看不见它，她只消放声一叫“弗噜——弗噜”，它就会向她跑来。这小家伙就有这么机灵！

小仙鹤就这样在我们家住了下来。然而，它那被剪短了的翅膀上的羽毛却在不停地长，越长越长。

有一天，妻子下沼池去打水，小仙鹤也跟随她去。沼池旁有一只小青蛙，它一看到小仙鹤，就扑通跳到沼池里去了。小仙鹤紧随着追去，但水很深，从岸上逮不住青蛙。它呼扇呼扇翅膀，突然飞了起来，只是不能飞得像从前那么高。

“哎呀！”妻子失声叫起来，跟着追过去。

小仙鹤高高扬起翅膀，可就是飞不高。它泪汪汪地仿佛对我们诉苦说：“唉，唉，可别扭死了！有翅膀却不能高飞，唉，唉！”

我和一帮孩子赶忙跑到沼池边去。一看，却见小仙鹤飞出去老远，已经站在沼池中央了。

“弗噜——弗噜！”我大声喊。

孩子们也学着我叫：“弗噜——弗噜！”

这小家伙就有这么机灵！一听到我们“弗噜——弗噜”叫它，它马上就呼扇呼扇翅膀飞回来了。妻子一看可高兴了！她叫孩子们赶快去捉青蛙。那一年青蛙特别多，孩子们不一会儿就捉了满满两帽兜。孩子们把青蛙拿来，一边喂给小仙鹤吃，一边数数儿。给它五只，它吞下去了；给它十只，它也吞下去了；给它二十只，三十只……就这样，小仙鹤一口气吞下了四十三只青蛙。

我爷爷的毡靴

爷爷米海依的毡靴穿了十来年了。其实，也只是我记得爷爷穿它有十来年了。而事实上，我出世前爷爷就穿它许多年了。这让我觉得，世界上样样东西都有完结的时候，唯独我爷爷的毡靴不会。

后来，我爷爷穿着毡靴下河抓鱼，毡靴裂开了个大口子。这时我才意识到，世界上的东西终归都会完结，包括我爷爷的毡靴。

人们开始指着我爷爷的毡靴说："大爷，让你的毡靴一边去歇着，给乌鸦做窝去吧。"

"还不到时候哪！"爷爷米海依为了不让雪灌进裂缝，就把毡靴浸到水里泡上一阵，然后让它在寒夜里冻成冰。不用说，毡靴裂缝里的水一结上冰，裂缝自然也就封合上了。接着，爷爷再把毡靴在水里浸浸，于是靴子外面又包上了一层冰。爷爷的毡靴又变得结实了。我还穿着爷爷的毡靴走过还没封冻的沼泽地，倒不错哩……

于是，我又想起我原先的那个想法：我爷爷这双毡靴怕是永远也不会有完结的一天了。

然而有一天，我爷爷病了。他出去上厕所的时候，在穿堂里穿上毡靴，回来时忘了把毡靴脱在寒冷的穿堂里，而是穿着这双冰疙瘩毡靴爬上了暖炕。

当然，糟糕的还不是从毡靴上化下的水，从炕上流进了装牛奶的木桶里——那没什么大不了的。糟糕的是，这双不朽的毡靴这一回可是没救了。想来是一点也不奇怪的。要是把水灌进玻璃瓶里，放在寒冷的地方结成冰，冰一胀，就会把瓶子给撑破的。同样的道理，这双毡靴里所有毡毛的缝隙填上了冰，冰一化，毡靴自然就垮塌下来，变成了废物……

我那倔脾气的爷爷病一好，就又去试着给毡靴包上一个冰壳壳，倒是又穿了一阵，可春天很快到了，放在穿堂里的毡靴融了冰，一下子又垮塌。

“好啦，好啦，”爷爷生气地说，“是该让它到乌鸦窝里去歇歇了。”

爷爷站在高高的堤岸上，气冲冲地把毡靴咚的一下扔进了牛蒡（bàng）草丛里，那会儿我正在旁边逮各种小鸟儿呢。

“为什么只给乌鸦做窝呢？”我说，“春天，各种鸟儿都需要做窝的东西，毡毛、绒毛、草茎，它们都会被鸟儿拖进巢里去的。”

我问爷爷这话时，爷爷正提起第二只靴子，准备挥臂扔下堤岸。

“哪种鸟儿都需要绒毛做窝。”爷爷同意我的话，说，“不只是鸟，各种小动物，老鼠呀，松鼠呀，都需要这东西，有用的东西谁不要呢。”

这时，爷爷忽然想起一个猎人早先向他提起过的话。

“这双毡靴可以送他做猎枪填药塞。”爷爷自语道。

于是这第二只靴子爷爷就没扔掉，让我把它拿去送给那猎人。

鸟做窝的季节很快到了。各种各样的鸟儿都飞到河边的牛蒡草丛里，它们啄着小草的嫩尖时，都留意到了这只破靴子。既然鸟儿都发现了它，等到要筑巢孵育孩子的时候，它们便会从早到晚一刻不停地把爷爷的毡靴啄撕成一绺绺、一片片的。一星期光景，鸟儿们就把这些绺绺片片都叼进自己的窝里去，铺设起来，在里头下了蛋，然后蹲在蛋上，孵了起来。这时，雄鸟们在一旁啁啾啁啾没完没了地唱。在温暖的毡毛上，小鸟被孵出来了，长大了。当天气转冷，就成群结队飞往温和的南方去了。春天它们再回来，有许多鸟儿还找到自己原来住过的树洞，在自己的老窝里，它们又找到了爷爷毡靴的毡毛。无论是筑在地面上还是筑在矮树丛里的鸟窝，都不会完全消失的。如果它从矮树丛落到地上，地面活动的老鼠就会找到这些残剩的毡毛，把它们拖进地下洞的窝里去。

我现在经常在林子里走动，每当我看见用毡毛铺垫的鸟窝时，我就不由得像我小时候那样想：“世上的一切东西都有完结的时候，一切东西都会消亡，唯独我爷爷的毡靴是永生不朽的。”

跛脚鸭

我坐在一艘小艇上，跛脚鸭在水面上游着，紧紧跟着我。它是我随身的猎鸭。

这只鸭子的父母都是野鸭。这只本是野生的鸭子，现在为我一个人干活了，它用自己的叫声，把雄野鸭都勾引到我打猎的棚子里来。

我坐小艇到哪儿，跛脚鸭也跟随我游到哪儿。它在小河里逮东西，我就躲在拐角处，只需喊一声“跛脚鸭”，它就会把东西都扔开，飞到我的小艇跟前来。

就这样，总是我到哪儿，它就到哪儿。

我们把这只跛脚鸭养大可不易呢！它刚孵出来那会儿，我们把它安置在厨房里。老鼠闻到了气味，就在墙角咬出个洞，然后从那洞口潜进了厨房。我们听到鸭叫的声音，赶忙出来看。这时，老鼠正咬住那小鸭子的细脚，想把它拽到自己洞里去。小鸭子身子比老鼠大，就卡在洞口，老鼠死活拽不进去。

老鼠逃掉了。

我们就把洞堵住，只可惜，我们小鸭子的脚已经被扭断了。

我们费了好大劲，想治好它的脚，又是包扎，又是缠绷带，又是上药水、撒药粉，可就是不见效——小鸭子就这样永远瘸了。

在飞禽走兽的世界里，跛子免不了要吃足苦头的。因为在它们看来，这几乎就是个法则：病了，你就到一边去自生自灭，对体弱的不但不去怜惜它，反而要折磨它。家养的鸭子、公鸡、鹅，通通都这样，它们都争先恐后要去啄跛脚鸭。尤其是鹅，最可怕。按理，鹅自己个儿大，干吗非来欺负这小不点的跛脚鸭啊。然而，鹅就是一门心思想要居高临下来攻击这嫩弱的小个儿生灵，像汽锤似的把它扁扁地压在自己身下，压得它嘎嘎哭叫。

小小的跛脚鸭，想来也没多大智慧，可是它那跟林子里的野果般大小的脑袋，还是领会到了这一点：它唯一的拯救者，是人。

我们悯恤它。它应该受到同情——它是被老鼠弄坏了脚的呀，它有什么错啊？它腿瘸了，就该被冷酷无情的家禽们伤害吗？

于是，我们就用人的态度来爱护这只跛脚鸭。

我们保护它，它就从此跟着我们，而且只是跟着我们。它长大以后，我们不必像对别的野鸭一样剪短它的翅膀。别的野鸭野性都很重，它们以为只有野外那广阔的天地才是自己的家乡，所以千方百计要飞到野外，去寻找它们的落脚地。跛脚鸭从来不想离开我们，人的家也就成了它的家。小跛脚鸭，就这样跨进了人类世界。

所以，现在我们划着小艇去打野鸭，我的小跛脚鸭就会自己跟随我游来。有时落后了，它就会飞离水面赶上我。它在小河里捕鱼，我就拐到矮树丛背后躲起来，只要我喊一声“跛脚鸭”，我立刻就能看到我的小猎鸭向我呼扇呼扇飞来。

刺猬

一天，我沿我们那条小溪的岸边散步时，看见一株矮树下有一只刺猬。它一看见我，就立刻蜷成一团，同时发出嘟——嘟——的声音。这声音听起来很像是远处公路上传来的汽车喇叭声。我拿我的皮靴尖轻轻拨弄了它一下，它就从鼻孔里狠狠喷出气来，威胁我，还用身上的尖刺来刺我的皮靴。

“哦，你这样来对付我啊！”说着，我就用靴尖一下把它踢进了小溪。

刺猬眨眼间就松开了它的刺毛，同时向岸边游来。它很像一头小猪，只不过背上长的不是鬃（zōng）毛，而是一根根的尖刺。我抄起一根小木棒，把它拨到我的呢帽里，带回了家。

我家里有很多老鼠。我曾听人说，刺猬会捉老鼠，我就想，把它留在我家里捉老鼠，不是很好的主意吗？

我把刺猬放在地板中央，自己坐下来写作，边写边睨（nì）着眼角偷偷瞅着它。它先是一动不动地躺在那里，过了一会儿，我在桌前刚坐定，安静下来，刺猬就松开了它的身子，向四面八方张望了一通，接着试着这儿那儿跑动。最后，它在床底下找到了个地方，就躲了进去，然后就再也听不到它的动静了。

天黑了。我点亮了蜡烛。

“啊，您好！”刺猬从床底下爬出来，问候道。

不用说，刺猬是把我的蜡烛当成林子里升起的月亮了。刺猬最喜欢的就是在月光下绕着林中空地自由自在地溜达。它习惯性地在房间里跑起来——它把地板想象成林中空地了。

我取出烟斗，点上，抽起来，给月亮边上喷些薄云。现在，看起来就跟笼罩着雾霭的树林完全一样了：有月亮，有雾霭，我的两条腿自然就成了两

根树干。刺猬这下可喜欢了，它在树干间蹿过来蹿过去，忽而站下来闻闻，忽而用它尖刺似的硬毛擦我皮靴的后跟。

我看着报纸，看着看着就倦了，任报纸滑落在地板上，自己上了床，就睡着了。

我睡觉一向很警觉，稍有动静就会醒过来。蒙眬间，我听见房间里发出一种沙沙声。我立即擦亮火柴，点亮蜡烛，就在蜡烛亮起的时候，我看见刺猬在床底下一闪。可是那张报纸已经不在桌子边了，而是在房间的正中央了。于是我再没了睡意，就这样让蜡烛点在那里，心里想：这刺猬究竟要拿这张报纸做什么呢？我的这个新住户没有让我等待太久，就从床底下跑出来了，一直跑到报纸跟前。它在报纸周围忙乎着，不断发出响声，沙啦，沙啦……过了一阵子，它终于想出了一个好法子——不知怎么一个动作，它把报纸一角穿在了自己的刺毛上，把偌（ruò）大一张报纸拖到屋角去了。

我明白了：它一定是以为这张报纸是树林里的枯叶，就决定拖去给自己做窝。我的猜想果然没错，刺猬很快用报纸把自己整个身子包裹起来，给自己做了个像模像样的窝。做完了这件大事，它走出自己的住所，站在我的床对面，仔细瞅着我的蜡烛，瞅着它的月亮。

我又喷了些烟雾。

“你还要干什么？”

刺猬一点都不怕我。

“你想喝水吗？”

我站起身来，刺猬也不逃开。

我拿了一个盘子搁在地板上，提来一桶水，哗啦一下把水倒进盘子里，一会儿又哗啦一下把水倒回水桶，哗啦哗啦的水声，好像是小溪在哗啦啦地流淌。

“喂，来呀，过来！瞧，我给你安放好了月亮，给你喷上了云雾，又给了你水……”

我留神着，它似乎向前挪了挪身子。我随即把

“小湖”向前移了移。它又挪动了一下身子，我就再把“小湖”往前移了移，这样，它就跟“小湖”碰在一起了。

“喝吧！”我说。

它就舔起水来。

我用手轻轻捋（lǚ）了捋它的刺毛，像是在抚摸它，嘴里不停地说：“你这小东西真好！真好玩！”

刺猬喝够了，我就对它说：“现在，去睡吧。”

我躺下来，把蜡烛吹灭了。

我不知道我睡了多久。我听见房间里又有动静，准是刺猬又在干活了。

我又点亮了蜡烛。

你们猜是怎么一回事？

刺猬在房间里跑着，尖刺上戳着一个苹果。它跑到窝里，把苹果安放妥当，再跑到屋角里去戳第二个，放在屋角里的一袋苹果已经歪倒了。刺猬跑到苹果跟前，缩成一团，接着，舒展一下，又跑了，尖刺上又穿着一个苹果，刺猬把它拖往窝里去。

刺猬就这样在我家里住下了。现在我每逢喝茶，总把它搁到桌子上，一会儿给它往盘子里倒些牛奶，它喝得精光，一会儿给它掰块面包，它也吃了个精光。

狐狸面包

有一次，我在树林里走了整整一天，临近傍晚时分，我从树林里回家时已经有了丰盛的收获。回到家，我从肩上卸下沉甸甸的背包，把林子里得来的宝贝通通倒在了桌子上。

“这是什么鸟啊？”小齐娜问。

“这是山鸡。”我回答。

接着，我就给她讲起山鸡在林子里是怎么生活的，怎么在春天里咕咕叫唤，怎么用它的小嘴啄白桦树的嫩芽吃，怎么在秋天采集那些沼泽地野果，怎么在冬天躲进积雪里取暖……我还对她讲了松鸡的生活，告诉她，松鸡的颜色是灰灰的，头上有冠毛。说着，我还把能模仿松鸡叫的小木笛吹了吹，然后递给她，让她也吹吹。我又把我采回来的蘑菇倒在桌子上，蘑菇有白的，有红的，有黑的，很多很多。我衣袋里还有血红的草莓、红色的覆盆子和红酸浆果。我还带回来一小块浓香扑鼻的松脂，我拿给小姑娘闻了闻，告诉她，树木就是拿这松脂疗伤的。

“树林里有人给它们疗伤吗？”

“自己给自己疗伤，”我回答，“常常是这样，猎人进了树林，想要休息一下的时候，就把斧子往树干上用力一斫（zhuó），将背包挂在斧子上，人就在树底下躺下，打上个盹儿，休息一会儿。完了，他又把斧子从树干上拔出来，背上背包，又继续往林子里走。这拔出斧头的地方不是留下伤口了吗？这浓香扑鼻的树脂就会把伤口愈合好的。”

我还特意给小齐娜带回来各种平常不容易看到的花草，有的叶子小小的，有的根儿小小的，有的花儿小小的，像杜鹃泪啊，缬（xié）草啊，十字花啊，兔子菜啊，等等。

在兔子菜下面，我翻到了一块黑面包，这是我在树林里找着的面包。我到树林里去，有时会忘记带面包，而有时带了面包，又忘了吃，最后还要带回来。

小齐娜看到兔子菜下面的黑面包，一下呆住了。

“林子里，上哪儿去找面包啊？”

“这有什么好奇怪的？树林里连菜都有呢！”

“可那是兔子吃的呀……”

“这面包是狐狸的饭食。你尝尝是什么味道吧。”

她将信将疑地把黑面包送进嘴里尝了尝，随即就吃了起来。

“狐狸面包味儿还真不错哩！”她说。

接着她就把我的面包吃了个精光。小齐娜总是不肯好好吃面包，自从吃到狐狸面包后，她不肯好好吃面包的事就没有了。每每从林子里带回狐狸面包来，她总是能吃得一点不剩，还称赞说：

“狐狸面包要比我们的面包好吃多了！”

神秘的木箱

这事情发生在西伯利亚。那是一个小地方。那里的狼多得不得了！有一次，我问一个曾在卫国战争的游击战中获得过一枚大奖章的猎人："您有没有碰到过群狼袭击人的事？"

"碰到过很多次，"他回答，"这有什么呢，人手里有枪，人总归比狼要厉害。狼有什么了不起的！狼也就是狗。"

"不过，这狗要是对上了一个没有武器的人呢……"

"那也没什么大不了的。"游击队员笑笑说，"人有种不可战胜的武器——那就是人的智慧，人的机灵，特别是，人有一种可以把任何东西做成武器的能力。这种对付凶恶敌人的应变能力，是人以外的动物所没有的。有一次，一个猎人把一只普普通通的木箱变成了一件武器。”

接着，游击队员就讲起一个猎狼的惊险故事：“这个猎人厉害着呢，他用一只小猪去猎狼，可惊险了。”

故事发生在一个夜里。四个猎人带上一个装了一头小猪的木箱，坐上雪橇去逮狼。木箱很大，是他们自己动手用木条钉成的，故意不加盖。他们的雪橇向狼群经常出没的草原驶去。这时候正是冬天，狼找不着东西充饥，饿得慌。猎人们到了草原，就拉出木箱里的小猪来，他们一个拉小猪的耳朵，两个拉小猪的脚，一个拽小猪的尾巴。这一拉一拽，小猪自然就声嘶力竭地尖叫。他们拉得越使劲，小猪就叫得越厉害；小猪的叫声越来越尖、越来越响，又尖又响的叫声远远地传遍了整个草原。

狼群听到小猪的叫声，就立刻从四面八方蹿过来。它们跑得很快，想赶上猎人奔驰的雪橇。

待到狼群跑近的时候，拉雪橇的马才忽然发现它们，于是吓得没命地向前狂奔。这么一来，装小猪的木箱就颠得从雪橇上滚落下来，一个猎人也随着滚下来，他的枪被甩向一边，连帽子也不知飞哪儿去了。

一些狼向狂奔的马追来，一些狼向小猪扑去，很快，小猪就被狼群吃了个精光。这些狼吃完了小猪，就要接着扑过去吃那个没枪的猎人。可是，一看，哟，人不见了，路上只有一个底儿朝天的木箱了。

那些狼急忙赶到木箱边，发现木箱还真神——木箱自己会移动，从路中央移到路边上，再从路边上移到深深的积雪里去了。狼们小心翼翼地跟随着木箱走，木箱一移到积雪里，就自己渐渐陷下去，狼们就眼看着箱子一点一点往雪里陷，越陷越深。

狼们心里不由得发毛，越看越害怕。不过，它们站了一会儿，还是壮起胆子向木箱围拢过去。狼们站在那里琢磨这是怎么回事儿，但是木箱还在继续往积雪深处陷落。狼们走到箱子边，而木箱还在动，甚至一点点往下陷。狼们不禁想："这是什么怪物啊？我们再等下去，木箱可就要全陷进雪里去了啊。"

头狼大起胆子，走到木箱跟前，把自己的鼻子插进木箱缝里去……

头狼的鼻子刚碰到木箱缝，箱缝里向它喷出一股气来——猎人说了一句话。站在四周的狼都吓得四散开去，逃跑了。

就在这当儿，另外三个猎人赶来救这个猎人了。

猎人还活着，他一点也没受伤，好好地从木箱里爬了出来。

"故事说完了。"游击队员说，"您现在还会说，没有武器的人就对付不了狼群吗？人的智慧就能让人利用一切可以利用的东西来保护自己。"

"那么，"我说，"您现在告诉我，猎人从箱缝里向头狼喷出一股气来——猎人说了一句话。那猎人说了一句什么话呀？"

“一句什么话？”游击队员笑了，“也就是一句普通的人话呗。人随便说句话，狼就吓得屁滚尿流了。”

“他的一句什么人话？他又怎么知道说了这句话，狼就会害怕呢？”

“真的是一句很普通的人话，”游击队员说，“这种时候，人通常会说句什么话？‘狼啊，你们都是愚蠢的！’就说了这，别的啥也没说。”

黑桃皇后

母鸡每每奋不顾身起身护卫自己的小鸡的时候，总是所向无敌的。我家那只雅号叫“号手”的猎犬，只消用嘴稍稍使一点劲，就足以将母鸡吃掉，然而这只敢跟狼较量都不输狼三分的大个儿猎犬，却夹起尾巴，放开母鸡，跑回了自己的窝里。

我们这只孵蛋的黑母鸡，因为在护卫自己的鸡娃时对敌人表现出一种非同寻常的仇恨，又因为它的嘴像扑克牌上的黑桃一样，所以大家都管它叫“黑桃皇后”。每年春天孵小鸡的时候，我们就往它肚子下面塞几个打猎时捡回来的野鸭子蛋，它就把小鸭子孵出来，然后把它们当成小鸡雏来抚养。可今年出事了，由于我们一时疏忽，刚孵出的几只小鸭子过早地溜到外头打了霜的草地上去，使幼嫩的肚脐进了水，结果不幸夭折了，最后只剩下一只独苗苗。我们大家都看得出来，今年的“黑桃皇后”比往年脾气暴躁一百倍。

这可怎么理解呢？

我并不以为，黑母鸡会因为自己孵出来的不是鸡雏却是小鸭而怨天尤人。既然母鸡蹲在蛋上以后已看不见自己孵的是不是鸡蛋，也就只好蹲着，直蹲到雏儿都出壳，然后精心抚养它们，保护它们，使它们免遭敌人的侵害，把小鸭的一切尽心负责到底。它带领雏儿四处游玩，甚至不允许自己用疑惑的目光来打量它们：“这是小鸡吗？”

我认为，“黑桃皇后”今年这样恼怒，并不是因为它受了骗，而是因为丧失了那几只小鸭子，它尤其担心它那独苗苗的生命。那心情是可以理解的：天下的父母都是如此，没有比独苗苗更令父母们牵肠挂肚、视若心肝的了……

“黑桃皇后”一暴躁，灾难便落到了我那只白嘴鸦身上。我那白嘴鸦呀，真是太可怜了！

这只白嘴鸦到我菜园里来的时候，就已经被折断了一只翅膀。它渐渐习惯了地面上的生活，虽然这种生活对一只没翅膀的鸟儿来说，真是够可怕的，可我一唤“小白嘴儿”，它就飞快地跑到我跟前来。有一次我不在的时候，“黑桃皇后”突然怀疑它想加害自己的独苗苗小鸭子，便把它赶出了我的菜园。打那以后，它再也没上我这儿来过。

多好的一只白嘴鸦呀！不提它啦！我那只如今上了岁数的猎犬心肠可好了，它时不时把头从狗舍的门缝里伸出来，想找一个它撒尿时可以不受母鸡袭击的地方。它可是善于跟狼拼个死活的英雄“号手”哇！可如今，在它那敏锐的眼睛没有看清道路是不是畅通，附近一带有没有那只可怕的黑母鸡出没以前，它是决不会离开狗舍一步的。

这里本来用不着说狗的事情，但我太喜欢狗啦！近些天，我带着出生才六个月的小狗特拉福卡出去遛弯儿，我才拐过烘麦房，就一眼看见那只独苗苗小鸭子站在我面前。黑母鸡倒是不在小鸭子身旁，可我一想起黑母鸡，就感到毛骨悚然——它可能会从哪里突然钻出来，啄掉我这小特拉福卡最最迷人的眼珠。这么一想，我拔腿就跑，待跑开那险恶之地，心底才感到轻松些，心情也就舒畅了许多。我还能不为逃离黑母鸡的威胁而高兴万分吗？

去年，在这只气呼呼的黑母鸡身上还发生了一件奇闻。那时我们这里的人都趁凉爽的、半明不暗的傍晚时光到草地割草，我忽然想带我的猎犬“号手”到林子里去遛一遛，让它去追逐小狐狸或兔子什么的。我带着猎犬走进一片茂密的枞树林，在两条绿茵铺盖的小路交岔处，我放开了“号手”，它一下就钻进了茂密的矮树林里，把一只小灰兔追了出来，然后汪汪汪地大声吠叫着，顺着小路追逐过去。这时节还不能打兔子，因此我也没带猎枪，我准备利用这几个钟头来欣赏欣赏猎人所特别喜欢的林间音乐。但是，我的猎犬突然在村边什么地方跟丢了兔子的踪迹，中止了追逐。“号手”很快转身向我跑来，尾巴耷拉着，一副狼狈相，黄毛花斑上染了淋漓的血迹，非常显眼。

谁都知道，随便在哪儿都可叼到羊的日子里，狼是不会来碰猎犬的。可要不是狼，为什么“号手”会弄得这样浑身是血、狼狈不堪呢？

一种十分可笑的想象在我头脑里涌现。很可能在所有怯懦的兔子中，忽然冒出一只胆气冲天的兔子，它羞于逃避猎犬的追逐。“宁死不受辱！”我心目中的这只兔子这么寻思着。于是它掉转头直向“号手”扑去。猎犬在小兔子面前虽是庞然大物，可是当兔子向它猛扑过来时，它也即刻心惊胆寒，扭头就跑。它晕头晕脑地跑着，也弄不清自己怎么一头撞进了刺蓬中，结果浑身都被扎得鲜血淋漓。兔子就这样把“号手”赶回了我身边。

这究竟有多大可能性呢？

可能！

我倒是认识一个平时事事怕人三分的人，可在他忍无可忍的时刻却挺身而起，眨眼间把自己的仇敌干掉了。可……那是人哪。兔族中是绝不会发生这类事情的。

我沿着兔子逃跑的小路走出林子，来到草地上，这时我看见一群割草人，一个个正嬉笑着，聊得兴致正浓。他们一见我去，就把我喊到他们那里去，仿佛他们心里都装满了话，要溢出来了，非找我倒一倒不可，好让他们自己感到轻松些。

“怎么回事儿？”

“瞧，这是怎么回事呢？”

“哟！”

接着二十几个割草人七嘴八舌，对我讲起同一个故事来，可我什么也听不明白。这时，有一个声音从割草人的喧嚣声中飞出来：

“是这么回事！是这么回事！”

原来，事情是这样的：一只小灰兔一下蹿出林子，向通往烘麦房的路上跑去。“号手”紧随着兔子，从林子里飞快地追出来，跑得连身子都与四条腿拉成一条直线了。我们的“号手”曾经在一块开阔的空地上追上了一只强壮善跑的老兔子，如今追一只小不点兔子，对“号手”来说，就更不在话下了。小灰兔为了避开猎犬的追逐，往往会钻进村旁的麦垛子里或烘麦房里，而“号手”却在小灰兔快钻进烘麦房时追上了它。割草人都看见，当“号手”在烘麦房拐角处，张嘴要叼到小灰兔的一刹那……

往往有这样的情况，比如说打牌吧，所有的牌都被对方吃了，只剩下一张牌吊着命，眼看快完蛋了，不能不输给对手了。似乎打牌这玩意儿压根儿就没什么意思，反正一打就输。也往往有这样的情形，对手把如意算盘打得美美的，他知道他出的三张牌定赢无疑：出三吧。

三！

三得手了。

七！

七得手了。

黑桃 A！

然而不是黑桃 A，打出来的是“黑桃皇后”。

这些割草人今天亲眼所见的就是这么回事儿。

“号手”正要逮到兔子的一刹那，蓦地从烘麦房里飞出一只硕大的黑母鸡，直向“号手”飞扑，要啄他的眼珠子。“号手”见势不妙，掉头逃命。可“黑桃皇后”呼一下飞上狗背，用它强有力的尖嘴在它背上啄呀，啄呀。

就这么回事儿！

这就是为什么红毛狗的黄色斑块糊满了血——原来是一只普通的母鸡把一只跑跳如飞的狗啄得皮破血流、狼狈不堪。

四根柱子上的黑母鸡

有一只黑母鸡，因为它的嘴像扑克牌上的黑桃一样，我们就给它取了个诨名叫作“黑桃皇后”。

春天那会儿，邻居送给我们四个个儿挺大的鹅蛋。我们就把它们放在“黑桃皇后”的窝里。

过了几天，“黑桃皇后”孵出来四只毛色鲜黄鲜黄的小鹅。它们嘻嘻地叫着，跟小鸡的咯咯叫声完全不同。但是“黑桃皇后”毫不在意这些孩子的叫声多么不像它，它依然用爱小鸡的那份母爱来深沉地爱它们。

春天一过去，夏天就开始了。夏天一来，草地上就到处生长起了蒲公英。四只小鹅虽然年幼，但要是伸直脖子，那个头就几乎比母亲还高了。不过小鹅们还是像过去那样跟着自己的鸡妈妈走。有时，母鸡用爪子往后刨土，招呼小鹅们来跟着它学。可是小鹅们还是玩着蒲公英，它们拿鹅嘴一啄一啄，让蒲公英柔柔的白色绒毛随风飞扬开去。这时候，“黑桃皇后”抬起头朝它们那边看着，我们觉得，它似乎开始心生疑惑了。有时候，它连续好几个钟头蓬开羽毛，边咯咯叫着，边拿脚爪往后刨土，搜扒虫子，可是小鹅们就像是什么都没看见，它们只是嘻嘻地叫着，用阔嘴掐着青青的嫩草。有时候，狗想从母鸡身边经过，休想！它会向狗猛扑过去，将它撵走。有时候，它时不时歪着头望望小鹅，一副若有所思的样子……

我们开始留意黑母鸡，我们相信这样的事迟早会发生：黑母鸡总归要看出来，它的这些孩子跟鸡完全不一样，自己压根儿就不值得为它们不顾自己的死活向狗扑过去——我们总在等着看这一幕。

终于有一天，这样的事在我们院子里发生了。

那是六月里的一天，艳阳高照。可不知怎么的，天空突然昏暗下来，公鸡们喔喔高声啼鸣。

“咯咯，咯咯！”黑母鸡用这样的叫声回应公鸡，同时招呼自己的小鹅们到棚子下面躲起来。

“哟，起黑云啦！”女人们异口同声地嚷起来，同时奔出屋去抢收晾晒在外头的衣服。

电闪，雷鸣。

“咯咯，咯咯！”“黑桃皇后”不住声地叫着。

这时，年幼的小鹅们伸长脖子，高高的，挺挺的，像四根笔直的柱子，它们跟着黑母鸡走到棚子下面去。我们惊讶地看着，四只个儿同母鸡一样高的小鹅，顺从地按母亲的命令快速躲进了一个小小的地方，藏到了母亲的翅膀底下。母鸡把羽毛蓬开，大大伸展翅膀，遮住它的鹅孩子，用自己做母亲的体温去保护它们。

不过，雷雨很快就过去了。黑云飘散开去，消失了。太阳又照耀着我们小小的庭院。屋檐上的滴水停了，各种鸟儿又啁啁啾啾在歌唱了，母鸡翅膀掩护下的小鹅们听到这啁啾声，立刻就不再安稳了。它们小啊，好动啊，它们希望妈妈赶快放它们到自由的天地里去。

“放我们出去吧，放吧！”它们嘻嘻地叫唤着。

“咯咯，咯咯！”母鸡对它们说。

母鸡这意思是：

“再等等，外面还很凉哩。”

“没事的，放我们出去吧！放吧！”小鹅们嘻嘻地嚷嚷。

四只小鹅忽然站起身来，伸长脖子。这时，母鸡被高高抬起，仿佛顶上了四根柱子。母鸡就这样在四根柱子上凌空摆晃着。

从这一天起，“黑桃皇后”和小鹅们就断了关系，母鸡自己走自己的，小鹅们也自己走自己的。不用说，黑母鸡这时候才完全醒悟，它不想第二次被顶上四根柱子了。

发明家

沼泽地里长着一棵柳树，树下有个小土墩，土墩上一只母野鸭孵出了一窝小野鸭。

过了不久，母野鸭就带着小野鸭沿着牛踏出来的小路，向湖边走去。我远远看到它们，就躲在一棵大树后面，小野鸭们没有发现我，一直跑到我脚边来。我一伸手就捉起了三只，带回家来养，没捉住的十六只，还照样沿着牛踏出来的小路向前走去。

我把这三只毛色黝黑的小野鸭养在家里，没过多少日子，它们的毛色就开始变灰了。后来，三只灰小鸭中，一只变成了色彩斑斓的花公鸭，另外两只是母野鸭。我把一只母野鸭叫杜西娅，另一只叫莫西娅。我们剪短了它们的翅膀，不让它们飞掉。在我们庭院里，它们跟家禽一起住——我们家里有鸡也有鹅。

开春了，我们仿照沼泽地里小土墩的样子，在地下室里用废弃的物品给野鸭做了几个窝。杜西娅在窝里生下了十六个蛋，接着就蹲下去孵起小鸭来。莫西娅生了十四个蛋，但是它不肯蹲下来孵。不管我们怎么费尽心思，想尽办法，这不懂事的莫西娅就是死活不肯做妈妈。我们没办法，只好让那只架子十足的黑母鸡，那只被我们叫作“黑桃皇后”的母鸡来孵莫西娅的十四个蛋了。

孵足了日子，小鸭子出壳了。厨房里暖和些，我们就让它们在厨房里住上一阵，我们把熟鸡蛋碾碎了喂它们，好好照料它们。

过了没几天，天气就变得暖和起来了。杜西娅带上它的一群黑小鸭到池塘里去游水，“黑桃皇后”也带它的一群小鸭子，到菜园子里去找小虫子吃。

“嘎——嘎——嘎！”鸭妈妈叫着，好像是说：“快来游水！”

“嘻——嘻——嘻！”小鸭子们叫着，好像是说：“游水真快活！”

“嘻——嘻——嘻！”小鸭子们在菜园子里叫。

“咯——咯——咯！”黑母鸡回答它们。

当然，小鸭子们不明白黑母鸡的“咯——咯——咯”是什么意思，可是它们对池塘那边传来的嘻嘻声却感到熟悉和亲切。

“嘻——嘻——嘻！”这意思就是说：“自己人应该到自己人这里来做伴呀！”

而“咯——咯——咯”的意思就是说：“你们这帮小鸭子，你们这帮只会嘻嘻叫的小鸭子，游你们的水吧。”

于是，菜园子里的小鸭子们不由得向池塘那边看去，并且还想跑到池塘那边去。

“自己人应该到自己人这里来做伴呀！”

于是，小鸭子纷纷向池塘跑去了。

“游你们的水吧，游你们的水吧！”

鸡妈妈带来的小鸭子们，真的和鸭妈妈带来的小鸭子们游到一起了。

"咯——咯——咯！"架子十足的黑母鸡在岸上看呆了。

小野鸭们在池塘里游来游去，可来劲了。它们嘻嘻地叫成一片，合拢成一伙，不分彼此了。杜西娅高兴地接受新的孩子们加入自己的家庭。按莫西娅的血统关系来说，它们应该都是杜西娅的亲外甥。

两拨小鸭子混在一起，野鸭子现在的家庭就更大了。野鸭子大家庭整天在池塘里游弋着，"黑桃皇后"心里可不好受了。它成天成天地蓬起漆黑的羽毛，一边气嘟嘟地从早到晚咯咯地叫唤，埋怨不休，一边用它尖尖的爪子在岸边刨挖小虫子，一个劲儿想用小虫子来引诱小鸭子们，不停地用它"咯咯"的话语告诉它们："我这里已经找到了好多好多虫子了，多么好的小虫子啊！"

"臭家伙，臭家伙！"野鸭子妈妈回应道。

天色渐渐暗下来，野母鸭杜西娅带领所有的小鸭子离开池塘，那阵势可气派了：长长的一支队伍，沿着干燥的蜿蜒小路回家。这群阔嘴巴的小黑野鸭，就在高傲的黑母鸡的眼皮底下浩浩荡荡地走过，更叫黑母鸡生气的是，竟没有一只小野鸭往这位妈妈这边瞟上一眼。

我们把所有的小野鸭放在一只高帮箩筐里，然后将箩筐搬进了厨房。厨房靠近炉灶的地方要暖和些，让它们在这里舒适地过夜。

清晨，我们还没有起床呢，杜西娅已经从箩筐里爬出来了。它在木地板上转过来绕过去，不停地走动着，边走边叫，召唤它的小野鸭们到自己身边来。三十只小野鸭嘻嘻嘻地回答着。它们的叫声，在我们的松木板壁上发出同样的回响。可是在那闹哄哄的喧哗声中，我们还是听得出来，当中有一只小鸭子是孤零零的。

“你们听见了吗？”我问孩子们。

他们也竖起耳朵听了一下。

“听出来啦！”孩子们高声叫起来。

说着，大家就赶快往厨房里跑去。

哟！那里不只是杜西娅一只鸭子妈妈在地板上，

它身旁还有一只小鸭子在跑动，那神态很急躁，嘻嘻地连声地叫唤。这只小鸭子跟其他小鸭子没有什么不同，身体也只是跟小黄瓜一般大小。这样的小不点，怎么能爬过三十厘米的箩筐高帮呢?

我们纷纷猜想，这究竟是怎么回事儿。

这时候，又产生了个新疑问：这只小鸭子是自己想办法跟随母亲跳出箩筐来的呢，还是鸭子妈妈偶然用自己的翅膀将它带出来的?

为了弄清楚这个问题，我们找来一截细带子系在那只小野鸭的脚爪上，再放它回鸭窝里去。

我们睡过一夜以后，第二天一大早，屋子里刚传来鸭子的叫声，我们就立刻跑进厨房里去看个究竟。

那只脚爪上系了带子的小野鸭，已经跟着杜西娅在地板上嚓嚓地跑动了。

那些还在高帮箩筐里的小鸭子嘻嘻嘻地叫唤着，一个劲儿想出来，然而一点办法也没有。但这一只小鸭子确实是已经爬出来了。

“它真是一个‘发明家’啊！”我说。

“它的确是一个‘发明家’！”列瓦也大声说。

那时候，我就打算去仔细观察一下，这个“发明家”究竟是用什么办法爬出箩筐的，是怎样用它那双有蹼膜相连的脚爪，爬上笔陡的筐壁的。第二天，天还没大亮，我就起床了，这时候，我的孩子还和小野鸭们同在睡梦中。我坐在厨房里，守在电灯开关旁边，一旦稍有响动，我就可以马上打开电灯，把箩筐底部的情形看个明白。

一会儿，窗外泛白了，天开始亮了。

“嘎——嘎——嘎！”杜西娅叫了起来。

“嘻——嘻——嘻！”回答鸭妈妈叫声的，却只有一只小鸭子。

再没有别的声音了。孩子们这会儿都还睡着。

工厂上班的汽笛响了。天更亮了。

“嘎——嘎——嘎！”杜西娅又叫了。

没有小鸭子应答的声音。我恍然大悟，一下想明白了：“发明家”这会儿没工夫叫，想来，它正解决难题哩。于是我一下打开电灯。

哦，这回我看明白了！野鸭妈妈还没有起来，它只抬起头，抬到跟筐沿齐平。所有的小鸭子都还睡在鸭妈妈温暖的肚腹下面，就只有那只脚爪上系着带子的小野鸭子，它沿着妈妈的羽毛，仿若沿着台阶往上爬，爬到妈妈的背上。杜西娅站起来时，就正好把小野鸭子高高抬起来，抬得跟筐沿一般高。小野鸭子就像小老鼠一样，沿着妈妈的背跑到箩筐边儿上，接着翻身一滚，就下到地板上了！野鸭子妈妈也跟着它跳到了地板上。随即，平时一大清早就听到的闹哄哄的声音就开始了：整个屋子里都是“嘎——嘎——嘎”“嘻——嘻——嘻”的声音。

过了两天，一大清早，地板上就出现了三只小鸭子，接着五只，再后来，就越来越多了——天亮时，杜西娅只消轻轻叫一声，所有的小鸭子就都会爬到它的背上，接着，滚到地板上。

从这天起，我的孩子们就把这只给别的同伴们找到出筐办法的小野鸭子，叫作“发明家”。

虾低声絮语些什么

我觉得虾是很奇怪的动物，长那么多看来用不上的东西，多得简直让人弄不清，光说脚就那么多，还有触须也有那么多，再还有什么螯呀。走路时，尾巴走在身子前头，尾巴还要叫脖子！小时候，我觉得最不可思议的是，虾只要一放进桶里，它们就低声絮语起来。小声儿说呀，说呀，你根本弄不清它们都在说些什么。

人们讲到“虾又低声絮语了”的时候，那就是在说它们已经活不成了。它们的整个生命就在絮絮低语中结束了。

以前，我在韦尔土欣卡河那边居住，那河里的虾比鱼还多。有一天，奶奶和她的孙女小齐娜到我们韦尔土欣卡河来捉虾。她们是黄昏时分到我们家的，休息了一会儿就出发到河上捉虾去了。她们在河里放上捕虾网。这种捕虾网都是我们自己制作的，把柳树细细的枝条弯成个小圆圈，圆圈四周扎上废旧渔网做的网兜，网兜里放些肉丁或别的什么虾爱吃的东西，最好是放些能引诱虾来吃的炸肉。网兜放进河底，虾一闻到炸肉的香味，就会从岸边的小洞里爬出来，爬进网兜里去。这时候，我们就揪住网绳把网兜拖上来，把虾掏出来，再把网兜放回河里，这样一网一网地捉。

捉虾这事很简单。奶奶和孙女就这样放网拽网，忙乎了一整夜，捉到了满满一大筐虾。她们一早就动身回家了。她们回到自己的村上，得走十里路呢。太阳已经升起来了，奶奶和孙女一路小跑着，热得满头大汗，累得再没丝毫力气走路了。她们渐渐忘了手里提的虾了，一心想的就是早一点回到自己家里。

“虾怕是不响了吧。”奶奶说。

小齐娜仔细听了听。虾还在奶奶背后的箩筐里小声儿说话哩。

“它们在嘁嘁喳喳讲些什么呢？”小齐娜问。

“乖孙女，在临死前，它们相互告别哪。”

但是，这时候，虾们根本不是在小声絮语。它们用身体部位的横腹、螯、触须和脖子在相互挤擦。在人听来，它们好像在小声絮语。其实，虾并不想死，而是想活。每一只虾都在用自己的细脚找出口，总想在什么地方能找到一个洞眼，就是找到一个小小的孔也好。结果，今天它们运气好，在箩筐的筐壁上找到一个小洞眼，最大的虾刚好能钻过去。

一只大虾爬了出来。其他小的虾自然就跟着这只大的虾，很容易就爬了出来。

这下，所有的虾都行动起来，爬呀，爬呀，从箩筐里爬到了奶奶的短褂上，从短褂上爬到了裙子上，从裙子上爬到了小路上，从小路上爬到了草丛里，再从草丛里爬到小河，也就不远了。

太阳很晒。奶奶和小孙女走呀，走呀，虾不停地往外爬。

奶奶和孙女小齐娜终于走进了自己的村庄。奶奶忽然停下脚步，想听听虾们都在箩筐里做什么。

一点声音也没有，箩筐倒是轻得多了。她之前怎么一点都不觉得呢？原来是奶奶昨晚一夜没睡，这会儿累得不行了，连肩上的箩筐变轻了都没有感觉出来。

“孙女，也许虾都不低声絮语了。”

“死了吗？”小齐娜问。

“死啦，它们不再小声说话了呀。”

她们走到小屋跟前。奶奶把箩筐从背上放下来，揭开上面盖着的旧布。

“哎呀，天哪！虾在哪儿啊？”

小齐娜一看，箩筐空荡荡的了。奶奶瞅瞅孙女，惊讶地摊了摊手。

“什么虾在低声絮语啊！我还以为它们是临死前互相告别呢，其实，它们是在同我们两个家伙告别呢！”她说。

亲家

一个朋友送了我一条半大的狗，西班牙种，个儿有两只猫那么大吧，耳朵很宽很大，垂挂到地面——走起路来，前脚会踩到自己的耳朵。

送我狗的朋友给它取了个俄罗斯名儿，叫“乌汗”，而它本来的英文名儿是“杰米”。我不喜欢这外国叫法，杰米，杰米，叫起来不响亮，好端端一条训练有素的小狗，叫什么杰米，听起来像是叫一只猫咪，或一只不起眼的兔子。

乌汗淘气、调皮，老爱骑到鸭子背上寻开心。这鸭子本来腿残，走起路来一瘸一拐的。有一天，乌汗又骑到鸭背上去了。我们就大声呵斥：

“哎，乌汗，你下来！别淘气！”

从此，我们把这条西班牙种的狗叫作“淘气”。

过了些日子，“淘气”又不听呵斥，整个儿身子又压到了我们那只瘸腿鸭子的背上。

“‘淘气’，快下来！‘淘气’别淘气！”我们大声呵斥它。

可它把我们的呵责当耳边风，依旧把自己的身子压在瘸腿鸭背上。

就在这时，树篱外有个过路的乡亲喊了一声：

“亲家！”

嘿，怪了，一听有人叫“亲家”，它不知怎么的就乖乖地从鸭背上跳下来了。

“‘亲家’，这个叫法好！”我说，“叫起来又响亮又亲昵。咱们就试试把‘淘气’叫‘亲家’吧。”

这时，从村子里来大街上赶集的人越来越多。

我正要告诉乡亲们我们给自己的西班牙爱犬正式取名叫“亲家”时，树篱外的过路人响亮地说开了。

“它是我的小亲亲，不是亲家，也不是哥们儿。”一个说。

另一个很有同感地说：

“是啊，不叫亲家，也不叫哥们儿。”

我一听，觉得这简直就是一支有腔有调的歌儿：

不是姑爷，不是丈人，

不是堂亲，也不是表亲……

这以后，好几天没听人议论我们的狗名。可忽然，又从远处传来一阵说话声：

“亲家，亲家，谁跟谁是亲家呀，八竿子打不着哩……”

第二天，“淘气”又出事了：它追着我们家的猫，直从门下缝隙间追出去，追到屋外。

我赶快从围篱门跑出去，放开嗓门大叫：“亲家！”

这时，我的邻里们和鸽子玩友们都觉得不可思议，奇怪地看着我：你这是叫谁亲家呀？

就在这大家惊奇地看着我时，猫绕了个大圈，本想上树的，却来不及了，就又拐回来，狗飞跑着，紧追不舍，差点儿逮住了猫尾巴。这下，大家才从我的表情中，从邻里开心微笑的表情中，从站着观望的其他人的表情中明白了：谁是我口中叫的亲家。于是友人一下哗然爆笑起来，笑声简直十里外都能听见！老的，小的，所有的人都七嘴八舌地对着奔跑的猫和狗叫，有的叫“亲家”，有的叫“哥们儿”，有的叫“丈人”，有的叫“姑爷”，有的叫“老表”，有的叫“舅子”，有的叫“连襟”。

猫的个头毕竟小，从门下的缝隙间刺溜钻进了屋，感觉到“亲家”的嘴快要咬到自己的尾巴，就纵身一跃，跳上了汽车。“亲家”自然也不示弱，也纵身一跃，跳上了汽车。猫在驾驶室窗口那里缩着身子，它睁着一双老谋深算的眼睛，冷峻地盯视着“亲家”，紧接着微微往后抬起前右爪，就像是士兵往肩后举起手榴弹，好使上劲儿扔得更远。就在“亲家”的嘴尖伸到猫跟前时，仿佛手榴弹哧哧响着在眼皮底下就要炸响，我感到猫要吃“亲家”的苦头了，就说：

“我可不是你的什么亲家，也不是你的什么哥们儿。”

就在猫抬起爪子，对“亲家”进行还击时，我抓住时机把照相机对准了这个精彩的场面，咔嚓，照了下来。最后，我为它们编了一段顺口溜：

不是亲家，不是丈人，

不是哥们儿，不是姑爷，

也算不上是舅子，也算不上是连襟，

我们是八竿子打不着的亲！

鹡（jí）鸰（líng）

我们天天都满心期盼着报春鸟鹡鸰的出现，只要它一来，那就是说，我们心中盼望的春天又回来了。好了，它终于飞来了，它蹲在一棵橡树上，一动不动。我明白，这就是我们的报春鸟鹡鸰了，它会在这片林子里住下来。现在，我放心了。我敢断定，整个夏天它都会在我们住地的近旁生活，就算是它飞开去，那也是到别的地方闲游些日子，过不久还会飞回来的。

瞧，那是我们的欧椋鸟，它一飞到我们这里，就直接钻进自己的树洞里，随后就一声声地唱开了。我们的报春鸟鹡鸰可不一样，它飞到汽车旁，跟我们亲近。我们叫“亲家”的小狗挨着它蜷蹲着，做出一副若无其事的样子，其实它是想一举逮住这小个子鸟儿。

鹡鸰鸟通身淡灰色，脖子到前胸有一片黑漆漆的羽毛，宛若佩戴了一条深色的领巾。它这身打扮可真是靓透了，美丽、生动，微微显出点儿滑稽，惹人笑。它走到“亲家”的眼皮底下，几乎要挨到了狗嘴边，却摆出一副全然不把狗放在眼里的架势。其实，鹡鸰是很知道狗的厉害的，它知道狗随时会向它扑过来，展开攻击。这不，“亲家”露出了一口獠牙，向优雅的小鸟儿示威了。鹡鸰敏捷地嘟一声飞开，在离狗几步远的地方停住了。狗愣住了，凶巴巴地紧盯着鸟儿。鹡鸰正眼直视着狗，一蹦一蹦地跳着，它的脚杆儿细溜溜的，却富有弹性。它就这样蹦跳着。我差点儿扑哧一声笑出来，大声对我的“亲家”说：

“你不只是我的亲家，不只是我的哥们儿，你是我的小亲亲啊。”

鹡鸰还直朝着狗快速地大步跳去。

猎犬拉达在一旁静静地趴着，像木柱子那样一

动不动，观赏鹡鸰和这半大的猎犬。拉达压根儿就不想干涉这场看着挺好玩的犬鸟游戏。于是，犬鸟间的游戏就这样一直持续着，有个把钟头还多些。拉达跟我一样，眼睛一眨不眨地瞅着这对峙的双方。当鸟儿大步流星向狗迈步走去，拉达犀利的目光就转向了“亲家”，它倒是要弄个明白，究竟是狗能逮住鸟，还是鸟再次把自己长长的尾巴对向狗。

在这冰消雪化的时节，当积雪从沙岸一块接一块崩落时，鹡鸰这报春鸟没有一天不是快快乐乐的，总是忙个不停。这时来观赏鹡鸰，让人觉得最是好玩。鹡鸰不知怎么的，总是沿着河边的沙滩奔跑。它一边跑一边用自己的脚爪在沙滩上写下一行行的字。它向后退，字就没入了水中。于是它又写一行新的。它就这样进着，退着，写着，几乎不停歇地从早到晚忙乎一整天。当然，沙滩上最后还是什么也没留下——水漫上来，字就被淹得没了踪影。谁也弄不明白，我们的报春鸟，我们的鹡鸰，它不知从哪儿获得了启示——

做成又毁了，毁了又重做，如此周而复始，无穷无尽，没完没了。

河水开始退去，沙岸又展露出来，沙坡上又有了鹡鸰鸟用它竹叶形的脚写下的字。不过字行的疏密不一样，字行有时疏朗些，有时稠密些，这又是什么缘故呢？因为河水漫上来的速度慢的时候，字行就稠密些；河水漫上来的速度快的时候，字行就疏朗些。

凭这鹡鸰鸟写在湿沙岸坡上的手稿，就可以分辨出河水漫上来的速度。

我很想把这位报春鸟作家的作品用照相机拍摄下来，但是做不到。鹡鸰不停写作的同时，总是用一只眼睛偷偷望着我。它发现我要对准它照相，就立刻挪到离我很远的地方，再继续用它竹叶形的脚写作。连它在岸上枯枝堆里做窝时，我也找不到机会拍出它的相貌来。有一天，当我们怎么摆弄也拍不到它的相貌时，一个好心的老人看见了我们，说：

“哎呀，小家伙，你们没摸透鸟儿的脾性啊！”

说完，他带着我们躲避起来，藏在枯枝堆后头。不到十分钟，不明就里的鹡鸰好奇地跑近我们的干枝堆，它想要弄个明白——这两个家伙躲哪儿去了呢？它在离我们几尺高的地方蹲下身来，十分惊讶地抖动它细长细长的尾巴。

“它想弄明白我们究竟躲在什么地方。”老人看着鸟儿的神态，猜测说。

我们挪移了几个地方，战战兢兢地调整着我们的姿势，把照相机支在一根从柴堆里冒出来的枯枝上。这回，我们成功了——鹡鸰跳到柴堆边上，接着，它就在我们支照相机的枯枝上蹲下来，恰好，我们咔嚓一声照下了它。

倒影

我和我的猎狗拉达沿着一个森林湖的湖岸走着。湖水今天是这样幽静，好似躺在林间的一面平镜，于是，天上飞过的一只鹬（yù）鸟，和它投落在湖水里的倒影，都一模一样了，仿佛有两只鹬鸟迎着我们飞来。今年开春以来，拉达还是第一次出来溜达，所以它很想追猎到几只禽鸟，为自己立上今年的第一功。当拉达看到两只鹬鸟向躲在矮树丛中的它飞扑过来时，它一下就瞄准好，要立即冲过去。

拉达正辨别着，哪只是真的在水面飞的，哪只是在水中的倒影——它们实在是太相似了呀，就像是两滴水那样难以分辨。这可就难为拉达了。结果，拉达选择追逐的对象是倒影。它准是这样想的：我这就逮住活的。这么想着，它就从高高的河岸上跃身跳了下去，即刻，咚一声响，河面溅开一丛雪白的浪花。

这时，真实的鹬鸟却飞远了。

这往下滚的家伙是敌人吗

我有一只小猎狗，它来到世上还不久。它的名字叫罗摩尔，不过，我多半叫它罗马，或者干脆叫它罗姆卡，偶尔，我也尊称它为罗姆恩·瓦西里奇。

罗姆卡的爪子和耳朵长得特别快。它的耳朵长得那么长，以至于它一低头，就连眼睛都被遮得看不见了。它的爪子常会碰上什么东西，于是就常害得它摔个四仰八叉。

今天，发生了这么一回事。

罗姆卡沿着石阶从地下室跑上来，它的爪子碰在半块砖头上，砖头就顺着台阶骨碌碌地一级级滚下去。罗姆卡觉得很奇怪，它站在上面，两只耳朵垂到眼睛上。它往下望了一阵，头一会儿转过来，一会儿扭过去，拼命想要把耳朵从眼边甩开，这样眼前发生的事情才能看得清楚——这往下滚动的，究竟是什么？

“罗姆卡，瞧砖头这家伙，就像活物似的，会跳哩！”我说。

罗姆卡用思索的眼神直朝我望。

“别老望着我，别老傻站着。你不趁早逃开，它会憋足劲儿从下面跳上来，一直撞破你鼻子的！”我接着说。

罗姆卡骨碌转动了一下眼珠子。它准是想要跑下去弄个明白，这没有生命的砖头，怎么会自己往下滚动？然而，真要跑下去又觉得很危险——跑到那里，万一砖头把它一下拽住，把它永远拽在黑暗的地下室里，那可怎么办啊？

“那可怎么办啊？”我于是问它，“能逃得掉吗？”

罗姆卡只向我瞥了一眼，不过我已经明白了它的意思，它是想对我说：“我是想逃掉哩，可怎么个逃法？我一转身，它不会揪住我的尾巴吗？”

嘿，没有的事。罗姆卡就这样呆站了许久，这是它第一次站定盯住没有生命的砖头，那神态就好像是大猎狗在草地上，用鼻子使劲地嗅闻着野鸟的气味。

罗姆卡站得越久，就越害怕。狗的感觉就是这样的——敌人越是悄无声息地躲着，当它突然活动起来，突然跳起来时，就必定来得越加可怕。

罗姆卡一直对自己鼓劲说："我就站着不动。"它隐约听到砖头似乎在低声说：

"我也就一直这样躺在这儿。"

不过，没生命的砖头躺上一百年也办得到，而有生命的狗站上一百年可就办不到了——它累了，打起哆嗦来了。

"那可怎么办啊，罗姆恩·瓦西里奇？"

"那么我使劲吠叫呢？"罗姆卡问道。

"好，你就使劲吠叫吧！"

罗姆卡使劲狂叫了一声——汪！随即往后退了退。很可能是，它觉得这一退，砖头似乎被它惊醒了，砖头仿佛微微动起来了。罗姆卡站在那儿，远远定神细看，不，砖头并没有动起来。它蹑手蹑脚地走过去，小心翼翼地朝下看了看——砖头还躺着。

“再使劲吠叫一次怎么样？”

于是它又叫了一声，往后退了退。

罗姆卡的妈妈凯特听到它的叫声，跑了过来，凝神细看它儿子叫的那个地方，然后慢慢沿石阶一级一级走下去。当然，罗姆卡这时不叫了，它把这难办的事交给了妈妈，自己望着下面，胆子大多了。

凯特根据儿子足迹的气味，辨认出了那块可怕的砖头，嗅了一阵——砖头完全是没有生命，没有危险的。后来，妈妈想，要是这砖头万一有危险呢，所以它用鼻子一点一点把砖头嗅了个遍，结果并没有嗅出什么可疑的气味。它就回头往上面看，用眼神告诉儿子：

“罗姆卡，我觉得这儿什么事也不会有啊。”

这时，罗姆卡平静下来了，摇着尾巴。凯特就跑上来，罗姆卡追上妈妈，在妈妈的耳朵边上厮磨着，厮磨着……

可怕的遭遇

猎人都知道，要把一条猎狗训练得只去搜寻禽鸟，而不去追逐野兽、山猫和兔子，那是多么难啊。

有一天，我带着我的罗姆卡到森林里的空地上去教它打猎。一只虎斑山猫也到这片空地上来了。罗姆卡在我的左边，虎斑山猫在我的右边，一场可怕的恶斗眼看就要发生了。说时迟，那时快，虎斑山猫已经回过身去开溜了，罗姆卡立即追着它，朝它的屁股扑上去。我甚至来不及打个口哨，也来不及喊一声“别！”。

这片大空地四周，没一棵大树可以让虎斑山猫爬上去躲避罗姆卡的袭击，因为放眼望去，四下尽是矮树丛和茫茫无际的草地。我好像乌龟爬动那样，慢慢走着，在湿地上，在泥泞中，在水洼边，在小溪的沙滩上，我一路辨认着罗姆卡的脚印。我走过许多潮湿和干燥的草地，蹚过两条小溪和两片沼泽，终于，两个正摆开阵势的对头被我看到了：罗姆卡圆睁着发红的双眼，一动不动地站在草地上；而虎斑山猫就同它面对面站着，挨得非常近，背部高高弓起，仿佛是乡村大娘做的窝窝头，尾巴徐徐地冲天竖起，又慢慢降垂下去。一望而知，它们都各在想些什么。

虎斑山猫心里一定在说："不用说，你是敢于向我扑过来的。不过，狗啊，你看清楚了，我身上长着虎斑呢！狗崽，你敢上前一步，我立刻给你点老虎的颜色瞧瞧。"

至于罗姆卡要说的，我也一下能猜到。它一定是在说："我知道，你这个吃山老鼠的小东西，就算你给我老虎的颜色瞧，我还是能把你撕成两半！不过让我再想想，怎么才能更有把握逮住你。"

我心里也在想："如果我跑到它们身边，虎斑山猫一定会逃跑，而罗姆卡当然会追上去。那么我

来试试把罗姆卡叫住……”

然而，我没时间多想了。我决定用温和的谈话方式让它们镇静下来。于是我好像在家中玩儿似的，柔声叫着罗姆卡的尊称：

“罗姆恩·瓦西里奇！”

罗姆卡斜过眼睛来对我瞥了一眼。虎斑山猫喵呜喵呜地叫起来。

这时我抓紧机会更坚定地叫了一声：

“罗姆卡，别憨头憨脑地干蠢事！”

罗姆卡一下胆小起来，它斜过眼来更使劲地瞥了我一眼。

虎斑山猫这时也叫得更厉害了。

当罗姆卡斜过眼来瞥我的时候，我抓紧时机连忙把手举过头顶，做了一个要在它和虎斑山猫头上劈去的动作。

罗姆卡看见了，向后退了退，而虎斑山猫则以为罗姆卡是怕它，所以它心里暗自高兴，喵呜喵呜地唱起猫常唱的凯旋歌。

这可伤了罗姆卡的自尊心了。它往后退了退，突然停下来，望望我，好像问：

“要不要给它一家伙？”

这时候，我又举手凌空向它一挥，很坚决地提高嗓门，喊了一声：

“不可以！”

罗姆卡又向矮树丛那边后退了一步，绕了个圈子，回到我身边来。就这样，我征服了罗姆卡的野心。

虎斑山猫这时已逃得不见了踪影。

柠檬

一个农庄里，发生了这么一件事。

一个来自中国的熟人万利带来了一件礼物。农庄经理特罗费姆·米哈依洛维奇一听说礼物，立刻就摆摆手。讨了个没趣的万利鞠了一躬，转身准备走。但是特罗费姆·米哈依洛维奇又忽然觉得这样对待万利有些对不住朋友似的，随即又叫住了他，问道：

“你要送我什么礼物呀？”

“我本想送你……”万利说，“一只小狗，是一只很小的小狗，世界上不会有比它更小的狗了。”

特罗费姆·米哈依洛维奇一听说是一只狗，就更加为难了。因为经理家已经有许多各种各样的动物：卷毛狗涅尔里和猎狗特鲁巴奇，毛色油亮、独来独往的黑猫米什卡，已经被驯养得很听话的白颈鸦，从小在家里养大的刺猬和年轻漂亮的公羊包里斯，这些都是经理为自己的小儿子许拉养在家里的。妻子叶莲娜·瓦西莉叶芙娜也非常喜欢动物，并且用这些动物逗自己的小儿子开心。特罗费姆·米哈依洛维奇家里已经养了这么多动物，一听到熟人还要送他狗，自然就免不了为难起来。

“别出声！”他压低声音对万利说，同时把一根手指竖在自己嘴边。

可是已经晚了——叶莲娜·瓦西莉叶芙娜已经听到他们说这世界上最小的小狗了。

“可以让我看看吗？”她走进办公室来问。

“狗在这儿呢。”中国朋友万利说。

“你把它给带来吧。”

“它就在这儿！”万利又说了一遍，“完全用不着我再去带来。”

中国朋友这下露出了亲切的微笑，把藏在短褂里的小狗拿了出来。这样小的小狗，我有生以来还是第一次见，就是整个莫斯科，我想见过这样小的小狗的人也一定很少很少。只要用柔软的呢帽把它一盖，我就能把它带走。

它通身黄红色，毛很短，几乎是秃裸的，不知道为什么它像精致的弹簧似的老打着哆嗦。它个儿虽小，那对眼睛却很大，乌溜溜的，直发光，好像蚂蚁的眼睛那样鼓凸出来。

“好玩极了！”叶莲娜·瓦西莉叶芙娜惊叹地说。

“那就收下它吧！”受到赞赏的中国朋友说。

说着，他就把礼物递给了女主人。

叶莲娜·瓦西莉叶芙娜坐在椅子上，抱过那狗来。这狗一直在颤抖，不知是因为冷，还是因为怕。女主人亲切地抱起它搁在自己的膝盖上，它就不但不抖，还马上向女主人献殷勤，讨取新主人的欢心。

特罗费姆·米哈依洛维奇伸过手去抚摸了一下新来的客人，小狗冷不丁把他的食指给咬了一口。不过，最糟糕的是，小狗就在屋子里尖声大叫起来，仿佛是有人抓住一只逃跑的小猪的尾巴，并且死死揪住不放。

这只秃毛小狗由于冷和敌意，一直颤抖着，尖叫个不停，还哽咽，还打嗝，似乎不是它咬了经理，而是经理咬了它。

特罗费姆·米哈依洛维奇心里很不高兴，他用手绢把指头上的血揩掉，端详着这只妻子要来的看门狗："俗话说，毛少的狗会叫唤！"

涅尔里、特鲁巴奇、包里斯和米什卡听到尖声狂吠，就都跑过来看。米什卡跳到窗台上，它把正在敞开的窗口打盹的白颈鸦也惊醒了。

新来的小狗把它们都当作亲爱的女主人的敌人，扑过去就要跟它们打架。不知为什么，它偏偏选中了公羊包里斯作为自己的第一个袭击对象，它狠狠地在包里斯脚上咬了一口。公羊莫名其妙遭了这么一口，赶快蹿到沙发后面去。涅尔里和特鲁巴奇连忙远离这个小怪物，从办公室逃到餐厅里去了。女主人忠实的小战士赶走了这些大敌人，就向公猫米什卡扑过去，不料米什卡不但不逃跑，它还弓起背，唱起那谁都知道的凶巴巴的战歌。

特罗费姆·米哈依洛维奇吮掉被咬伤的食指上的血，说："针尖碰上麦芒了！"

"毛少的狗会叫唤，一点不错啊！"他说着，用脚去怂恿米什卡，说，"米什卡，轰它出去！"

米什卡呼噜噜叫得更响了，它正要扑过去轰小狗的时候，发现小狗对它的叫声连眼睛都不眨一眨，于是它自己先跳到窗台上，接着从小窗跳了出去。白颈鸦也跟着飞走了。小狗干了这么件了不起的大事，它胜利了，于是它像什么事也没发生似的，跳回到女主人的膝盖上。

"小狗叫什么名字？"叶莲娜·瓦西莉叶芙娜眼看着狗的表现，表示十分满意，就问中国人。

万利简捷地回答："柠檬。"

柠檬，这在中国话里有什么含义？但谁也没追问。大家都这么想：这狗很小，颜色又是黄红黄红的，用"柠檬"这个名字来叫它，最恰当不过了。

从这天起，动不动就咬人的小狗就开始在这群温善、友好的动物中间作威作福了。那时候，我正巧在经理家里客居，每天我都要或是为吃饭或是为喝茶，到餐厅里去四次。“柠檬”非常恨我，只要我进餐厅，它就马上从女主人的膝盖上跳下来，跑到我的靴子旁边，要是我的靴子稍微碰一碰它，它就飞快地跑回到女主人的膝盖上，用可怕的尖叫声激发女主人来反对我。只有在用餐时，它才会有片刻的安宁，但我记性不好，有时用完餐，要走到女主人面前去说句感谢的话，它就又尖声大叫起来。

我的房间和经理的房间只隔着一层薄薄的板壁，小霸王叫个不停的声音，让我几乎不能看书，更不能写作。有一天，夜深时分，我被经理房间里的尖叫声吵醒了，我心里想，会不会是有什么盗贼进了经理的屋子？这么想着，我就不由自主地拿起枪，跑到经理住的屋子里去。

这时我看见，居住在这里的邻居们也都赶过来相救了。他们都站在那里，有的拿长枪，有的拿连发手枪，有的拿板斧，有的拿大叉，可是围在他们中央的却是两个畜生，原来是“柠檬”和刺猬在打架。

像这样让人哭笑不得的事，几乎每天都在发生。日子可不好过了。我就同特罗费姆经理商量，得想出个法子来避免这类事情继续发生。

有一天，叶莲娜·瓦西莉叶芙娜要到什么地方去，她不得不第一次把“柠檬”留在家里。我想，这下机会来了，我忽然想到一个解决的办法——我拿一顶呢帽走进餐厅，打算把这可恶的小东西好好吓唬一下。

“喂，老弟，”我对“柠檬”说，“这会儿，女主人不在了，你的歌声该停一停了。最好你自己投降吧。”

我让它咬我那双笨重的皮靴，在它提防不及的时候，我拿呢帽把它扣住，然后严实合上帽边，再把帽子翻过来。我看小狗蜷缩着，一声不响地躺在我的呢帽里，一双大眼直望着我，一副忧伤的样子。

我甚至有点怜悯起它来了，而且有些不好意思了，心里想：要是这动不动就咬人的小家伙因为受了惊吓和侮辱，心肌猝然梗死，那可怎么办呢？那到时候，我可不好向女主人叶莲娜·瓦西莉叶芙娜交代啊。

“‘柠檬’，”我很温和地安慰它说，“你别生气，咱们来做朋友吧。”

边说，我边在它头上抚摸了一下，接着又抚摸了一下。它并不反对我对它示好，可也没表示出高兴的样子。我更加不安起来，就小心地把它放到地板上。它几乎是摇摇晃晃地走到它的卧房里去，一声不响。甚至两只大狗和公羊也都警惕起来，用惊奇的眼光目送它离开。

这一天，在用餐、喝茶的时候，“柠檬”都一声不吭。叶莲娜·瓦西莉叶芙娜心里不由得犯起嘀咕来，这小家伙也许是病了。

第二天，用过午餐，我走近女主人身边，第一次高高兴兴地跟她握手道谢。“柠檬”一声不响，嘴里像是含了一口水。

“我不在的时候，您跟它怎么啦？”叶莲娜·瓦西莉叶芙娜问我。

“没什么呀。也许它已经习惯了这里——是应该习惯了啊！”我平静地说。

我不敢告诉她，“柠檬”曾被我放进呢帽里。但是我跟特罗费姆经理愉快地低声谈论，告诉他我和“柠檬”之间发生了什么，他对于我把“柠檬”放进呢帽里，灭过它威风的这回事毫不在意。

“看起来很凶的家伙都这样，它会缠着你尖声大叫，无休止地对你骂骂咧咧，对你装出一副不可一世的样子，而你只要把它按进你的呢帽，它就会被吓得失魂落魄。

亚里克

森林里，一片采伐过林木的地面上，黑不溜秋的树桩周围，长满了高高的红花，映得整片采伐地仿佛也红了。尽管这儿更多的是一种半蓝半黄的蝴蝶花，却也间或长着些白色母菊、蓝猪耳、白色风铃草、淡紫色的杜鹃花，真是要什么花就有什么花，争奇斗艳！然而，似乎就是那片红花，让这林中砍伐过木头的地面整个都红了。黑不溜秋的树桩四周还可以找到熟透了的草莓，吃起来甜极了。这里，夏天下点儿小雨不碍什么事，我坐在一棵枞树下面等雨停。只是蚊子也都飞到这枞树下干燥的地方来躲雨，无论我怎么用烟斗的烟雾熏赶，蚊子还是把我的猎狗亚里克叮得受不了了。我只好用枞树的球果生起火堆，冒起的团团浓烟总算很快把蚊子赶到了雨中。我们正忙着对付蚊子呢，雨已经停了。夏天的小雨就是这样，只给人舒爽。

我们在枞树下大约又坐了半个钟头，直到鸟儿出来找东西吃，在露湿的地上留下新的足迹。估摸鸟儿都该出来了，我们才走到采伐迹地上。

“找去吧，朋友！”说着，我放出我的亚里克。

我常常带着羡慕的眼光望着亚里克的鼻子。我想：要是我也有它这样的一副器官，我就可以在繁花盛开的红色采伐迹地上迎着馨香袭人的微风奔去，尽情地陶醉。

“喂，去找吧，朋友！”我再次对我的狗说。

它在红艳艳的采伐迹地上绕着走。

过不多一会儿，亚里克在林边收住了脚步，把一处地方嗅了个遍，用非常认真的目光向我瞟了一眼，让我过去——我和亚里克是无须言语就可以达成默契的。它带着我走得很慢，它自己像狐狸似的蹑着脚。

我们来到茂密的矮树林跟前，那里头只有亚里克能钻得进去，但是我没有让它独自去钻密林，因为它单独行动就会被鸟儿吸引了去，冲向淋湿了羽毛的鸟儿，这样我苦心的教导就都白费了。我正要叫开它，免得它去追浑身淋得透湿的鸟儿，它却突然摇了一下像翅膀般蓬松的漂亮尾巴，望了望我。我懂它的意思，它是说："鸟儿们在这里过夜，用林中空地上的红花充饥。"

"那又怎样呢？"我问。

亚里克闻了闻花：上头没有鸟儿的气息。显然，雨把一切气味都洗尽了，我们来时所循的那些踪迹，是因为这些踪迹留在了树木下面。

亚里克只好在采伐迹地上绕一圈，寻找雨后鸟儿经过这里的踪迹。可亚里克还绕不到半圈，就在一片矮树密林旁边停下来。它不断嗅到乌鸡留下的气味。亚里克的姿态非常奇怪，整个身子弓起来，弓得似一个圆圈，要是它想，它可以尽情欣赏自己漂亮得很是可观的尾巴。我赶忙跑过去，摸了摸它毛茸茸的背，轻声说：

“要是你钻得进去，就钻吧！”

亚里克伸直身子，试着向前走了一步。走倒是能走，不过得非常小心，非常轻。它把整个矮树林都绕了一圈，告诉我：

“乌鸡们下雨那会儿是躲在这儿的。”

它在湿漉漉的地上一步一步寻觅乌鸡留下的最新足迹。原来灰蒙蒙的草地上，这会儿已经明显返绿了。它就顺着新的足迹走，尾巴的长毛碰到了地面。

准是乌鸡们听到了我们的响动，也向前走了，这一点是我从亚里克的神态中看出来的，它接着用自己的语言对我说：

“乌鸡在我们前头走哩，很近很近。”

乌鸡们通通走进了一大丛刺柏中。亚里克这时做出最后一个蹲伏的姿势，僵住不动。在这以前，它偶尔张开嘴，拖出粉红色的长舌喘气，而这会儿却紧闭双唇，只有一小截红舌还来不及缩进去，挂在嘴外，仿若一片红花的花瓣。一只蚊子落在它粉红色的舌尖上，吸着血。我分明看出亚里克那深褐色的像是漆布做成的鼻尖疼得难受，又因为嗅到野味的气味而使那鼻尖不停一张一合地翕动，而要是此时它张开嘴喘上哪怕一口气，都会把鸟儿吓跑。

我不像亚里克那样激动，只是轻手轻脚地走过去，用手轻巧地一弹，赶走了蚊子，从侧面欣赏起亚里克来，见它翅膀般的尾巴伸得笔直，同自己的背脊呈一条线，稳如一座雕像，立在那里纹丝不动，一双眼睛里两个亮点，凝聚着它全部的生命力。

我悄没声儿地绕到刺柏丛的另一边，在亚里克的对面站住，这样可以不让鸟儿不着踪影地飞走，要它们往上飞。我们这样站了好久。矮树丛中的鸟儿当然也清楚，我们此刻是守在两头。我朝矮树林走一步，听见了母乌鸡的啼鸣声，它咕咕地叫了一声，它是在用这叫声来告诉它的孩子们：

“我先飞出去探探情况，你们等着别动。”

接着，咔嚓一声响，一只乌鸡飞了出来。如果乌鸡是向我飞来，亚里克就不会动，如果乌鸡是朝亚里克的头上飞去，亚里克也不会动，主要猎物还在矮树林里，这时去追一只飞起的鸟，那是一条猎狗不可饶恕的过错。但是那只母鸡般大的大灰鸟突然在空中翻了个跟斗，几乎从亚里克的鼻尖上飞过，贴近地面轻巧地滑翔，一边飞一边叫，逗猎狗去追它：

“来追我吧，我不会飞了！”

大灰鸟就像被打伤了似的，落在十步远的草地上，两只细脚卜笃卜笃地跑起来，微微拍动翅膀，扇得高处的红花轻轻摇颤。

亚里克怎么受得了这撩拨，它耐不住了，忘了我多年对它的教导，冲了过去……

母乌鸡的计策得逞了。这下好了，它终于把猎狗引开了矮树丛。接着，它马上对藏身在矮树丛中的孩子们说：

“逃吧，飞吧，各飞各的方向。”它自己冷不丁向森林上空飞冲而去，一下不见了。

小乌鸡们向四面八方飞去，上了当的亚里克这时隐约听见传来一个声音：

“那个家伙！”

“回来！”我对被愚弄的朋友大喊一声。

亚里克这才回过神来。它知道自己上了母乌鸡的当，受了奚落，很不好意思地慢慢向我走来。

我带着点儿同情，用跟平常不同的声调问它：“你这干的叫什么事儿呀？”

它蹲伏下来。

“唉，过来吧，过来！”

它怪难为情地爬过来，把头搁在我的膝盖上，恳切地请求我原谅它。

“得了，”我说着，坐进了矮树丛里，“你爬到我后面好好蹲着，别哈哈大喘气，咱们现在来捉弄一下这帮小东西。”过了约十分钟，我学小乌鸡的叫声，叫了两下：

“咻，咻！”

这意思是：

“妈妈，你在哪里？”

“咕，咕！”母乌鸡回答，这意思是：“我来了！”

顿时，四面八方都传来如我一样的叫声：

“妈妈，你在哪里？”

“我来了！”母乌鸡回答自己的孩子们。

有一只小乌鸡在离我很近很近的地方叫着，我回答了它，它就跑起来，于是我看见，我膝盖近旁的草丛此时微微晃动起来。

我盯了亚里克一眼，使了个眼色，还用拳头唬了它一下，接着呼啦一下伸出手掌，向那微微晃动的地方按了下去，一把抓出了一只鸽子大小的灰色小乌鸡。

“嘿，你闻闻。”我小声儿对亚里克说。

它把鼻子扭向一边——它是怕自己一下忍不住，一口把小乌鸡咬了。

雕鸮（xiāo）

雕鸮这种猛禽出猎时间都在深夜，白天悄悄躲着。据说，雕鸮的眼睛在白天什么也看不见，所以它干脆就藏身不出。而我以为，它在白天也是能看见东西的，正因为这样，白天它才将自己的身影隐藏起来，神不知鬼不觉的，不让敌人发觉它，一到晚上，就出来四处劫掠。

有一天，我在林边走着。我的身边跑着一只个儿不大的西班牙种猎狗，毛长长的，耳朵拖到地上。狗有个诨名叫“亲家”，不知为什么在一大堆干柴里嗅起来。它只是绕着柴堆跑，不肯往前走，犹犹豫豫地，不往柴堆下边钻。

“走，别理睬！”我对狗喝令道，“这是刺猬。”

我的狗是很有教养的：我一说是刺猬，“亲家”

就跑开了。然而，今天“亲家”不听我喝令了，就跟我拗着，照样一会儿往柴堆上跳，一会儿往柴堆下钻。

“准错不了，刺猬。”我心里琢磨着。

突然，“亲家”从柴堆的另一边钻进去。这时，从柴堆下跑出一只雕鸮来，个儿大得吓人，样子非常凶悍，眼睛像猫的眼睛，又大又圆。

雕鸮跑出来，这在鸟世界里可是了不得的大事件。我还是孩子那会儿，走进一间黑漆漆的房间，房间四周堆满了东西，我就怕鬼跳出来。诚然，这是我年幼无知，人间世界里是没有什么鬼的。但是在鸟世界里可就不一样了，鸟世界里是有鬼的——雕鸮这夜间强盗就是鬼。雕鸮从柴堆下方跳出来，这对鸟儿们来说，就好比是一个恶鬼突然来到它们中间。

雕鸮惊恐万状地从柴堆下面钻出来，刹那间又钻进了邻近的一棵枞树下，就在这时，一只乌鸦从空中飞过。乌鸦看见了林中强盗，在枞树顶端停了下来，不由得一声大叫：

“呱！”

从这一声全然变调的叫声中，一下就能听出，乌鸦已经被惊吓得失魂落魄了！乌鸦只“呱”了一声，可就在这一声惊叫中，定能品味出乌鸦的心惊胆战，就好比是人被吓得灵魂出窍时的一声：

“鬼！”

停在不远处的几只乌鸦一听见这乌鸦的惊叫声，也便跟着惊叫起来，更远地方的乌鸦于是相随惊叫，森林里成群的乌鸦也就随着呱呱呱呱地全都叫嚷起来，千万只乌鸦腾起在森林上空，大团乌云似的。哎呀，整座森林就只听得一片“鬼来了”的惶恐不安的嚷嚷声。鸦群向第一只发出惊叫的乌鸦飞来，聚集在同一棵枞树上，这棵枞树看起来从上到下一片黑。

听到乌鸦世界里惊恐慌乱的聒噪声，白眼的黑寒鸦们也飞来了，灰色翅膀的松鸡们也飞来了，金黄色的黄莺们也飞来了，它们都向乌鸦聚集的地方飞来。这么多的鸟，一棵枞树当然耐不住，于是旁边所有的树枝上通通落满了鸟，森林里更多的鸟，山雀、鹡鸰、柳莺、红胸鹛（méi），还有各种的鷦（jiāo）鹩（liáo），呼噜呼噜如云朵一般盖住了整片树冠。

这时，“亲家”被弄迷糊了，这雕鸮不是从柴堆下钻出来又蹿进了枞树下边吗？不是在那儿啸叫，在那儿拼命刨土了吗？乌鸦和所有其他的鸟都在看雕鸮刨土，它们在等待猎狗“亲家”，指望它跳出来，扑过去，将雕鸮强盗从枞树下头赶出来。

可是“亲家”只在那儿瞎转悠，胡乱跑动。乌鸦们耐不住性子了，拼命地叫：

“呱！呱！呱！……”

这时的呱呱，意思就不外乎是：“愚蠢的狗！”

最后，“亲家”嗅到雕鸮的气味，从柴堆下很快钻出来，循着气味追到枞树下。这时乌鸦们又齐声大叫：

“呱！呱！呱！……”

它们的意思准是："对了，这就对了！"

当雕鸮从枞树下跑出来，扑动翅膀，乌鸦们又叫起来：

"呱！呱！呱！……"

这下，它们的意思应该是："嘿，拿住它！"

所有的乌鸦都从树上腾飞而起，随即，山雀、鹡鸰、红胸鹏、鹌鹬……所有的鸟像一大团乌云似的飞去追雕鸮，它们嘶声齐叫：

"拿住它！拿住它！拿住它！"

我忘了说，正当雕鸮张开翅膀愣着的时候，"亲家"不失时机地用它的獠牙一下逮住了雕鸮的尾巴，但雕鸮力气太大，拼命一挣，挣脱了，"亲家"的牙齿只咬着雕鸮的一撮儿尾羽。

"亲家"这一失手，使自己火冒三丈，它顺着旷野迅速追过去，跑得比鸟还快。

"对了！对了！"几只乌鸦在"亲家"身后猛叫。

这时，鸟儿们很快如乌云一般覆盖了地平线，"亲家"也消失在了小树林里。"亲家"是怎么制服雕鸮的，我就不知道了。

“亲家”回到我身边，已经是个把钟头以后了，它的嘴里只咬着一撮儿雕鸮的羽毛。

这样，我就不能告诉大家，“亲家”嘴里拽回的这撮儿羽毛，是雕鸮停止飞动时拽得的，还是鸟儿们追上雕鸮，“亲家”帮助鸟儿们制服这恶魔时咬下的。

没有见到就是没有见到，我不能给大家瞎编一通啊。

小青蛙

积雪让暖洋洋的太阳当头一照，就开始融化了。再过两天，至多也就再过三五天吧，春天就要来了。中午的太阳似乎让人有点灼热感了。在我们装了轮子的小屋周围的整片雪地上，蒙上了一层灰黑色的东西。我们猜想，这准是哪个地方有人在烧煤。我用手掌在这肮脏的雪地上一按，突然，原来灰黑色的雪地上现出了斑斑驳驳的白点：这哪里是什么煤屑哟，这分明是小不点甲虫。我一按，它们就飞开去了。

艳阳照耀下的午间一两个钟头里，雪里各种各样的小蜘蛛、小跳蚤都复活了，就连细小的蚊虫也在飞来飞去。这融化的雪水渗进积雪深处，偶尔也会把覆盖在雪底下冬眠的、通身还是玫瑰色的小青蛙给唤醒。瞧，就有这么一只小青蛙从积雪底下爬了出来，愚蠢地想，真正的春天来到大地上了，可以出去旅行了。谁都知道，蛙儿能到哪儿去旅行呢，不就是小溪那儿吗，不就是沼泽那儿吗。

巧的是，这一夜下了雪，所以小旅行家的脚印很容易看出来。起先，它的脚印是呈一条直线的，一脚接一脚地向附近的沼泽走去……忽然，不知为什么，脚印乱了，再往前，就乱得更厉害了。后来，小青蛙就忽左忽右、忽前忽后地乱窜一气了，脚印也就凌乱得不可辨认了。

出什么事了？为什么小青蛙放弃了一条直线走到沼泽的打算，而忽然想回头呢？

为了把这乱麻似的疑团探究个明白，我们往前走去。这不，我们看到玫瑰色的嫩蛙儿伸开冻僵了的脚爪，一动不动地躺在那儿了。

我们一下全明白了。晚上，寒气突然加重，嫩蛙儿只得停下来，前后左右地乱窜乱蹦，回过身来要回到曾让它感到过春天气息的温暖小洞里去。

尽管天气冷得厉害，可我们人的身体是暖和

的，那么就让我们给小蛙儿带个春天来吧。

我们用自己呵出来的热气把小蛙儿温暖了好一阵，可它还是没有苏醒过来。不过，我们想出办法来了：我们把温热的水倒在一个小锅里，然后让水慢慢流淌到那四脚趴着的玫瑰色的小蛙儿那儿去。

就算是寒气很厉害，可再厉害的寒气也敌不过我们的春天啊！不到一个钟头，我们的小青蛙又重新感受到了春意，四脚微微动了，它很快就完全苏醒了。

春雷响了。当野外所有的青蛙都动起来的时候，我们就把这位旅行家放进它早已向往的那个沼泽。大家为它送行时，说：

“去吧，小蛙儿，只是你要记住：沼泽里的情况怎么样你都还不知情，那你就莫冒冒失失地往水里钻啊。”

金色的草地

蒲公英盛开的时候，我和哥哥就常去摘来相互吹着玩。有一次，我们一起到农场去，他在前边儿走，我一步不落地紧紧跟在他屁股后头。

“谢廖沙！”我一本正经地喊了他一声。

他一回过头来，我就把蒲公英对准他的脸，呼地吹了一下。他也开始偷偷盯住我，等我一不留神，也呼的一下，把蒲公英的茸毛朝我的脸上吹来。这蒲公英花没颜色，说不上多好看，我们也只是随便摘来玩玩。

我们住着的村里，窗前是一片草地，草地上长满了蒲公英。当蒲公英开花时，窗前就呈现出了满眼金色，灿灿的一片亮黄。真是要多好看就有多好看。谁见了都会说：“太好看了，草地变成金色的啦！”

有一次，天还没亮，我很早起来，出去钓鱼，无意中看到草地不是金色的了，而是绿茵茵的了。中午时分，我钓完鱼回家，看到草地又是金色的了。到黄昏时，草地又变成一片翠绿。于是我就去仔细观察那蒲公英。原来，它的花瓣合拢了，这就好像是，如果我们的手掌是黄颜色的，把手掌收拢握成拳头的时候，就把黄颜色遮掩起来了。早晨，当太阳升起时，我看见蒲公英把自己的手掌打开来，草地因此又变成一片金黄了。

从那天起，蒲公英就成了我们最感兴趣的一种花儿，因为它们和我们一同睡觉，一同起床。

啄木鸟

我看见一只啄木鸟，它的尾巴是短小的，所以显得身量也短。它飞着，嘴里衔着一个大枞树的球果。

它在一棵白桦树上停落——那儿有它剥枞球果的作坊。它嘴衔枞球果，顺着树干向上跳到它经常去剥枞球果的地方。这时，它忽然发现，它一向用来夹枞球果的枝丫分杈处还有一个吃空了的枞球果没扔掉，这样，它新衔来的球果就没地方搁置了。这可怎么办呀？它没法挪开原来那个旧的，因为嘴这会儿没空着。

这时候，啄木鸟完全像人在这种情况下会做的那样，把新的枞球果紧紧夹在胸脯和树干间，用腾出来的嘴很快将空球果扔掉，然后再把新球果搁进自己的作坊，接着开始一下一下啄开它。

你想不到它会这样聪明吧？它从来都是精神饱满、生气勃勃，活跃而又能干的。

白桦树上的小喇叭

我发现了由一截白桦树皮卷成的一个小喇叭，它紧贴在树干上，样子奇妙得让人很想去探个究竟。一定是有人在上端砍几刀，下端砍几刀，随手揭起一长条桦树皮，走了。这揭口旁边的树皮就渐渐翻卷起来，慢慢卷成了一个喇叭形的树皮圆筒。这种喇叭筒上下两头的口子往往是上大下小，干缩了以后，下头的筒口紧紧收拢，慢慢地就封死了，而上边的圆口则朝天张开着。在白桦树林里，这种附贴在树干上的喇叭筒常常可以见到，所以人们也就不会去留意它们。

可今天，我倒是要端详端详，这样的喇叭筒里究竟有没有装什么东西。我在第一个卷筒里就发现了一颗完好的核桃，牢牢地嵌在卷筒底部，我找了根木棒去拨动它，还拨不出来呢。周围没长核桃树呀，这颗核桃怎么会落进这卷筒里呢？

“十有八九是松鼠藏在这儿的——它在这里储存它的冬粮呢。”我脑子里这么思忖着，“松鼠知道，这树皮筒会越卷越紧，这核桃就会被牢牢地卡在筒底，掉不下去了。”可后来我又猜想，这应该不是松鼠的冬粮，而是特别爱吃核桃肉的鸟，将这核桃从松鼠窝里偷来，藏在这卷筒里的。

我定睛端详着白桦树皮卷筒，还想探寻一下这核桃下边还有什么。不料，谁都想不到，是一只蜘蛛，卷筒底部布满了它细细的柔丝。

活命岛

汛期没有让我们等待多久就到来了。暴雨猛地下了一夜，水面迅速上涨了一米。科斯特罗马城经过一夜暴雨的冲刷，原来不起眼的楼房，现在一眼望去全都白亮白亮的了，一幢幢耸立着，清晰可辨，仿佛过去它们都沉浸在水底下，此刻都从水底下冒出来了，似乎这座城市是新出现在地面上的。伏尔加河两岸也是这样，以前只见皑皑的一片白，可如今一下都冒出水面来了，泥地、沙滩、大地眨眼间由白变了黄。丘陵顶上的几个村落四周都漾满了水，于是村落就像是一个个蚂蚁窝。

伏尔加河的水位一暴涨，远远望去，一个一个硬币似的小土墩，在这里或那里散散落落地隆起，有的土墩是赤裸裸的，有的土墩上面却覆满了矮树，也有的土墩上高耸着一棵棵大树。几乎所有土墩上都蜷伏着不同种类的水鸭子，当中的一个沙堆上，水鸭子在浅滩上一只紧挨一只，正忙着找小虫子吃。这沙堆上本来长着稠密的树林，如今让水一淹，只见到树冠，就像是一块毛茸茸的地毯。这茂密的树冠上隐栖着各色各样的小动物。这些小动物紧贴着树枝，蜷缩着，一根普普通通的柳枝上就能栖息好些小动物，像是一嘟噜一嘟噜的葡萄串。

一只硕大的水老鼠从水面向我们游来，它准是从很远很远的地方游到了这里，看样子已经很累了。它抓到一根核桃树枝，就把疲惫的身躯紧紧贴在树枝上。涌浪拍打着树枝，要把水老鼠从上头给掀下来。它不得不爬得更高些，趴在一根树杈上。

这下，涌浪打不到它了，它牢牢地抓贴着树枝。忽然，从远处扑来一个涌浪，掀起的浪头冲上了水老鼠的尾巴，于是水老鼠的尾巴就打起转来，一圈一圈地晃。

没想到，坡顶的一棵大树上，蹲着一只乌鸦，它的肚子早已空荡荡的了，正饿得慌，伺机寻找可以充饥的东西呢。一开始，它倒是没有看见蜷伏在树杈上的水老鼠，但涌浪不停地冲击着水老鼠尾巴，使饥肠辘辘的乌鸦发现了蜷伏在树杈上的水老鼠。即刻，一场你死我活的恶战就打响了。

乌鸦用它坚硬的嘴壳向水老鼠连撞了几下，把水老鼠撞下了树杈，落进了水里。水老鼠重新爬上了树杈，却没趴稳，又落了下来，跌进了水里。乌鸦眼看就能把水老鼠抓住了，可水老鼠却不甘心就这样成了乌鸦的充饥物。

当水老鼠跟乌鸦厮杀得精疲力尽的时候，它使出了最后的力气，张嘴拽下乌鸦的一撮儿羽毛来。水老鼠竟有这么大的劲，这一拽，一撮儿乌鸦羽毛就飞扬起来！这时，乌鸦感到像是中了霰（xiàn）弹一般灼痛。乌鸦差点儿跌进水中，它艰难地飞起来，摇摇晃晃地飞到自己原来蹲过的那棵树上，一下接一下地梳理自己的羽毛，用乌鸦自己的办法治疗被水老鼠咬扯的伤口。伤口的疼痛让乌鸦不时想起水老鼠，它对水老鼠看了又看，就像是自己在问自己："水老鼠会有这么厉害的吗？我这辈子还没有见识过呢！"

就在乌鸦看着水老鼠的时候，水老鼠却乘机脱险了，此刻它甚至忘记了乌鸦。水老鼠把目光投向了我们这边河岸，它琢磨着，上了岸，就得救了。

水老鼠的前爪像人手般灵巧，它扯下一根树枝，用牙齿啃咬树皮，一边的树皮啃没了，再翻转来啃另一边。就这样啃着咬着，它把整根树枝都啃得光溜溜的，然后扔进水中。新的一根树枝它没啃，而是咬断了之后连同自己的身子一起降落到水面，顺着水流游向岸边。这一幕幕，饥饿难耐的乌鸦在树上当然都一一看在眼里。乌鸦就这么看着，直到勇敢的水老鼠一点一点游到我们这边的岸上。

有一天，我们坐在伏尔加河边看鼩（qú）鼱（jīng）、田鼠、水老鼠怎样相继从水里钻出来；还有水貂啊，小兔子啊，白鼬（yòu）啊，松鼠啊，也都一个咬着一个的尾巴尖，一条长龙似的游上岸来。

我们作为这个岛的主人，对每一个游上岸来的小动物都投以亲切关爱的目光。我们像它们的亲人一般欢迎它们，看着它们奔向有自己同类居住的地方。可是，涌到岛上来避难的动物远不止这些小动物，还有大量各种各样的昆虫。我新相识的小齐娜开口对我说话了：

“您仔细瞧瞧，看咱们的鸭子都是怎么长大的吧……”

我们的鸭子全都是从野鸭蛋里孵出来的。我们把它们赶到这岛上来，让它们在这里找吃的，它们边欢叫着，边寻找可供它们充饥的昆虫或别的什么小动物。

我们看着这些鸭子，看着它们的毛色由亮变灰变暗，变得身肥体胖。

“这是什么缘故？”我们想着，猜度（duó）着。

这谜底自然只有从鸭子身上才能找到。

我们发现，无数从水上游向岛屿寻求活命的蜘蛛、小甲虫等，都一一成了我们鸭子的餐物。它们爬到正在水面浮游的鸭子身上，以为历尽千辛万苦终于登上了得以活命的码头，而事实上它们所找到的，不用说，是水上最危险的漂游物。它们成了鸭子送上门来的美餐。而昆虫反正很多，于是，我们就眼瞅着鸭子一天肥过一天。

就这样，我们这个岛成了落水动物的活命岛，个儿大的，个儿小的，所有动物通通到岛上来避难。

森林居民的楼层

森林里，鸟和兽各住各的楼层。林鼠住在树木的根部——最底层；各种鸟类呢，譬如野莺这类鸟，将自己袖珍的窝巢紧紧挨贴着地面；鸫（dōng）鸟则在稍微上面些，在矮矮小小的灌木上；那些穴居的鸟类，像啄木鸟啊，山雀啊，猫头鹰啊，住得更高；树干的顶端，树冠的最上面，高高低低住着各种各样的猛禽，如个头儿硕大的鹞（yào）鸟和鹰。

有一次，我在森林里留神观察，看见许多小兽和鸟，它们不像我们似的爱住高楼大厦。我们住过来住过去，反正都在高高的楼层上，而它们——各种类别的兽、各种类别的鸟，再搬再迁，楼层都有一定的规则，不会高上去，也不会低下来。

有一回，我们来到一片枯倒了的白桦树的林中空地上。白桦树长啊，长啊，长到一定的高度就枯死了。别的树枯死了，树枝就向地面萎垂，那些落光了树叶的树干很快就朽了，不多久就倒地糟烂了。而白桦树的树干却不是这样，枯了也不倒下，那些糊满树脂的白色树干，看上去依旧好端端的，不腐，不烂，明明死了的树吧，却像活着的树一样直直挺立着。

就算已经朽了，桦木木质已经变渣了，树干里没什么水分了，但还是很重，这时候的白桦树也依旧如它活着时那样笔挺笔挺的，昂首矗立着。然而，这样的树如果稍稍使上点儿劲推它一把，那么，它就会在瞬间碎裂成许多木块，顷刻间轰然倒塌。去推倒这样的树，是一件十分有趣的活儿，不过也挺危险的。要是躲闪不及，这些还挺重的木块就会砸到你的脑袋上。好在，像我们这样经常出入森林的人倒是不会怕这种危险的——要推倒这样的树，我们就只会到树的一边去，然后一齐用力推，把树一下推倒。

我们来到的就是立着这样的朽木的白桦林，要把高耸入云的白桦树一棵棵推倒。白桦树倒下后向四面迸裂的木块中，有一块木头是山雀的窝。个头儿小小的鸟在桦树倒下时也没受伤，只不过是一窝小鸟哗啦一下从它们的树洞里颠了出来。毫毛未长的小鸟，光溜溜的，身上只覆着些柔细的胎毛。它们张开红红的小嘴，把我们当作它们的爹娘，叽叽叽叽地叫着，要我们喂小虫子给它们吃。我们赶忙从地里挖些小虫子，给它们吃进嘴里。它们吃着，吞食着，完了又叽叽叽叽地大叫开了。

才不一会儿，小家伙们的父母就回来了，是山雀，它们的小脸胖嘟嘟的，嘴里全叼着一条小虫子，在窝边蹲下来。

“亲爱的，你们没事吧？”我们向它们问候，“让你们受惊了，我们万万想不到树上会有你们的窝。”

山雀没有回应我们的问候。它们一定是不明白这究竟是怎么回事，好好站着的树怎么说没就没了呢？孩子们这会儿都在哪儿？

它们倒是不怎么怕我们，它们焦急地从这根树枝飞到那根树枝，一副心急如焚的样子。

“你们的孩子在这儿哪！”我们给山雀们指了指地上的雀窝，“它们都在这儿，你们没听见你们的孩子在叽叽叽叽不住地呼唤你们吗？”

山雀什么也没有听见，它们只顾心慌意乱地忙着寻找它们的孩子。它们不愿意飞下来，它们不想离开它们住惯了的楼层。

我们对彼此说：“它们是怕咱们吧。咱们躲起来试试！”这样说着，我们就藏了起来。

不对！小鸟叽叽叫唤，大鸟也叽叽叫唤。父母飞来飞去，可就是不飞下来。

我们猜想，鸟儿们不像我们人这样爱待在高楼大厦里，它们不能够适应习惯以外的楼层，它们只觉得住着它们孩子的楼层消失了。

“喂——喂——喂，”我的伙伴对鸟父母们说，“你们也真是傻到家了！”

这山雀，样子挺漂亮的，又长着一对灵活的翅膀，只可惜不会变通，而死死板板地在高空中寻找它们的楼层。

于是，我们只好把那一大截筑有鸟窝的桦树木头安到邻近的一棵树干上头，使这个鸟窝的楼层位置刚好与倒掉前的那棵树上的高度相同。我们耐着性子在旁边一个隐蔽处等待，果然不出我们所料，几分钟后，鸟父母又在自己的楼层里欣喜地照料自己的孩子了。

读气味，读声音，读脚印

扯开一长串小彩旗对狐狸展开围猎，是逮狐狸的好办法。围住一只狐狸，弄清楚狐狸窝隐藏在哪里，在地面上拉好一圈绳子，然后在绳子上方的矮树林梢头上扯两道血红血红的三角旗串。据说狐狸怕彩旗的颜色，也怕彩旗的气味，被吓得胆战心惊的狐狸拼命寻找这断命圈的出口。出口给狐狸留着哩，可在这出口旁边，在茂密的枞树下，正埋伏着逮它的猎手。

这样的围猎没一次会落空的，比纵狗追猎收获丰硕得多。这年冬天，大雪铺天盖地，积得很厚，狗一踩进这厚厚的积雪里，竟没到了耳朵，当然，在这么深的积雪上纵狗追猎是不成了。有一天，正没主意哩，狗也正没招儿，我对猎友米哈依尔·米哈雷奇说：

“放狗去，扯旗串，用旗串围猎，这办法任何一只狐狸都逃不过的。”

“真有这么灵吗？”米哈依尔·米哈雷奇问。

“就有这么灵。才落下的雪总是疏疏松松的，我们一踩一个深窝，我们把红三角旗扯起一个圈，这狐狸就落进咱们的手中了。”

“早年，有一回，”我的猎友说，“狐狸困在旗圈里，三天三夜不敢动弹。别说狐狸了，狼都吓得蹲在旗圈里，被困了两天两夜，傻傻地一动不敢动！可如今呀，野兽都变聪明了，从旗串下方哧溜一钻，就溜得没影儿了。”

“我知道，如今的畜生都不比早年了，”我说，“畜生都能干了。的确有几回，狐狸已经落进旗圈了，却油头滑脑地从旗串下溜走了。不过这样的次数到底不多，逃掉的多半是年轻的狐狸，它们简直不把旗串放在眼里。”

“不是不把旗串放在眼里，它们根本不用看。

它们有信息。”

“这信息是怎么回事？”

“通常就是传递情报。譬如说，你支上捕兽夹子，那老奸巨猾的，那头脑灵活的，一见前面有个铁疙瘩，知道是要命的家伙，就避开了。相随而来的其他野兽远远一瞥，也就跟着绕开了。那么你说，这相随而来的野兽怎么会知道的呢？”

“是啊，你是怎么想的？”

“我想，”米哈依尔·米哈雷奇说，“野兽能读懂。”

“读懂？”

“是啊，它们用鼻子读。你观察狗就知道了。你一定见过的，狗无论到哪里，碰上木头桩子，碰上叶簇，碰上矮树林，它都会留个记号，别的狗走到那里，也就知道这记号是什么意思。狐狸、狼就更是时时都在辨别，在读。我们人是用眼睛读，它们是用鼻子读。有的兽和鸟是读声音。乌鸦边飞边叫，在我们人听来它们只是哇哇叫，而藏身在丛林里的狐狸竖起耳朵一听，立马就慌忙往旷野跑。一只乌鸦在上面叫，下面的狐狸就知道事情不好，即刻撒腿逃命。难道你不觉得猎人也能从乌鸦的叫声中猜出几分意思吗？”

不用说，我也像其他猎人那样，常常需要利用喜鹊的叫声，可是米哈依尔·米哈雷奇说的完全是另一回事。有一次，他放出去的两只狗都把他追踪的兔子给弄丢了。兔子像是眨眼间钻进了地底下。这时，另一边有一只喜鹊喳喳叫个不停。我的猎友躬下身潜近喜鹊，悄悄地，不让喜鹊发觉。可这是隆冬时节，兔子的颜色与地上的积雪一样。只有等雪全化光，地上再不见哪怕一片积雪，兔子才会再次现身。我的猎友往头上的树冠瞥了一眼，看喜鹊究竟为什么喳喳叫个不停，这时他看见一只白兔躺在地上，一对黑豆似的小眼珠，乌亮乌亮的，滴溜溜地转个不停……

喜鹊出卖了白兔，却同时也向白兔和所有的野兽出卖了人——那发现了兔子、准备开枪的人。

“我跟你说，”米哈依尔·米哈雷奇说，“有一种沼泽地鹀（wú）鸟，通身黄黄的。你进沼泽地去打野鸭，正猫腰潜行呢，忽然你面前的苇秸上蹲着一只通身蜡黄的鹀鸟，它在苇秸上摇晃着身子，时不时尖叫几声。你继续向前，它就飞到另一丛苇秸上去蹲着，一声接一声地叫个不停，这是它通知所有沼泽地上居民的方式。这时，你瞧吧，野鸭猜到有猎人悄悄向它们接近，于是就嘟一下远走高飞了，鹤们扇动翅膀，田鹬转眼间蹿得没影儿了。这都是因为鹀鸟的尖叫声。鸟们就这样用各种声音发出别的鸟可以读懂的警报，而野兽则更善于读脚印。”

小鹬

春天来了，慢悠悠地来。湖里的冰还没有化尽呢，青蛙就忙不迭地从地里钻出来，还咕呱咕呱直叫。榛（zhēn）树开花了，但花蕊里还没有分泌出黄色的花粉来。一只鸟飞来，抓住一根小树枝，看着刚吐露的若有似无的黄色嫩芽，呆呆地直看着，也就不飞开了。

森林里一小片一小片的残雪正在融化。鲜嫩的树叶成簇成丛地从树枝上挤出来，远远望去，密密匝匝的一片是亮灰的颜色。

我仔细端详停落在近旁的鸟，那羽毛的颜色像它脚下的陈年树枝，眼睛倒是既大又传神，嘴长长的，有半根铅笔那么长吧。

我一动不动地坐着。当小鹬深信我不是活物

后，它站起来，晃了晃它那铅笔般的长嘴，猛一下插进一片朽烂的树叶。

我没看清它在那片朽烂的叶子下面啄到了什么，但我看见它这一嘴下去，嘴的大半截就穿过烂树叶插进了泥土，只有一小截还露在外面。

接着，它又一下一下地啄烂树叶，啄了七下。我惊动了它一下，它就沿着林边飞走了。当它从我头上飞过时，我数了一下：穿在它铅笔般的长嘴里的老树叶有厚厚一沓，总共是七片。

浮梭鱼

阳光洒在水面上，颤动起无数耀眼的光斑。深蓝色的蜻蜓在苇丛或芨（jī）芨草丛中穿飞。每只蜻蜓都有一株固定的芦苇或芨芨草，它们飞起，转了几圈，又飞回到它们原来站过的苇草或芨芨草上。

疯疯癫癫的乌鸦把鸟儿们都引出来了，这会儿它自己蹲着歇气了。

一片上头结着蛛网的树叶向河面飘落下来，边飘落边滴溜溜地旋转，不停地旋转……

我的小船顺着河水漂向下游，我的小船由五十二根小木棒串编而成，特别轻，好像就只比这片带着蛛网飘落的树叶重一点。我身边有一支桨，小船两头装有小小的涡轮叶片。两个涡轮轮换转动，使小船随人的操作左右转动。人在这样的小船上一点也不用使力，只需动动涡轮叶片，船就会向前行驶了，根本听不到一点声响，所以河里的鱼儿一点也不会被惊动。这样的小船在河里静静漂游，鱼儿是根本发觉不了的。

一只白颈鸦飞过河面时，洒下一滴尿，就这石灰水似的白色尿滴，在河面轻轻地嗒啦响了一声，一下子，河里的小鱼儿——浮梭鱼们就都听到了，就都留意到了。它们眨眼间全游拢过来，活像人们赶集似的，向着这白色尿滴汇聚。白颈鸦，这身躯硕大的凶恶的猛禽，看见了这密集的鱼群，立刻俯冲飞向河面，边游边用自己的大尾巴用力地拍击河面，啪啦啪啦，被震昏了的浮梭鱼即刻鱼肚翻上漂起来。不过鱼很快又清醒了，但白颈鸦这河上渔夫也不愚蠢，它知道像这样的一滴尿就引来黑压压一大群鱼的机会不可多得，甚至千载难逢，所以它迅速出爪，抓一条吃一条，抓一条吃一条，吃了许多许多。

空中掉下来的如果是好东西，那是值得奋力去获取的；可空中掉下来的也可能是孬（nāo）东西，那就应该连看都不去看一眼，一溜了之。这些浮梭鱼啊，它们想要不上当，就得学会多观察、多研究，先弄清楚从上面掉下来的究竟是什么东西。

好出风头的喜鹊

我们的莱卡种猎犬生长于北部。北部的西伯利亚有条比雅河，我们的猎狗就来自那条河沿岸。为了对孕育了这种狗的比雅河表示我们的敬意，我们把狗取名为“比雅”。但比雅这个名字大家叫着可能还表达不了心中的爱意，就开始叫它的爱称“比尤什卡”，可能是大家觉得这种叫法还不过瘾，于是又改叫成“韦尤什卡”。韦尤什卡、韦尤什卡，听起来似乎更亲切了。

我们难得带韦尤什卡出去打猎，不过，它给我们做门卫倒是太棒了。我们出去打猎的时候，尽可以放心，韦尤什卡不会放过任何一个敌人。

韦尤什卡是一只生性活泼的小狗，大家都很喜欢它，特别喜欢它那对蜗牛触角似的耳朵和它那根镯环儿似的尾巴，还有它那副蒜瓣儿似的白牙。我们给了它两块午饭吃剩的骨头。韦尤什卡得了这份礼物，就松开自己镯环儿似的尾巴，好像柴棒一般倒垂下来。它这么一来，就表示它心里不安了，就说明要开始戒备了。大家都知道，生性喜欢啃骨头的动物有很多。所以从它得到骨头的那一刻起，它就防备着别个来抢它的宝贝。韦尤什卡垂着尾巴，跑到牧草丛里去啃它的骨头，把另一根骨头搁在自己身旁。

这时，不知道从什么地方忽然来了几只喜鹊，它们一跳一跳，一跳一跳，一直跳到猎狗的鼻子跟前。当韦尤什卡把头转向一只喜鹊的时候，另一只喜鹊就乘机从另一边啄一嘴骨头上的肉屑，还把一小块碎骨给啄跑了。

这事情发生在深秋，这年夏天孵出来的喜鹊已经完全长大了。这会儿，同窝孵出来的七只喜鹊都在一起，它们从父母那里学会了偷盗的诀窍和本领。它们敏捷地啄食着从猎狗嘴边偷来的小碎骨，不一会儿，它们又想到猎狗那里去抢第二块了。

俗话说，家家有本难念的经。喜鹊家里也是这样。在七只喜鹊当中，有一只喜鹊，说它愚蠢倒也还不是，可头脑说发昏就发昏，说糊涂就糊涂。这不，眼下就是这样：六只喜鹊按眼前的情势采取正确的进攻策略，彼此交换了一下眼色，然后向大大的半圆形骨头一步一步围上去，只有那只好出风头的喜鹊憨里憨气地跳着。

“喳——喳——喳！”六只喜鹊同时叫起来。

这喳喳，在喜鹊的语言里就是：

“跳回来，你得按喜鹊通常的跳法，按喜鹊共同的规矩跳。”

“喳——喳——喳！”好出风头的喜鹊说。

它这话的意思是：

“你们照你们通常的跳法就是了，我嘛，我要按我自己想跳的样子跳。”

就这样，好出风头的喜鹊冒着风险，向韦尤什卡的身边跳去。它想着，韦尤什卡是愚笨的，会抛开骨头向它冲过来，这样它就可以乘机把骨头抢走。

韦尤什卡其实非常明白，这好出风头的喜鹊心里怀的是什么鬼胎，它不上当，不向这愣头喜鹊冲过去，只是斜着眼睛注意它。韦尤什卡放下骨头向对面望了一眼，对面的六只喜鹊聪明着呢，它们跳着，思忖着，它们并不冒失，它们只是围成半圆形，伺机向猎狗发起盗抢进攻。

在韦尤什卡回头的一瞬间，那只好出风头的喜鹊乘机发动抢劫。它已经抓到了骨头，它已经转过身，连翅膀都已经在地上拍击，牧草的灰尘也已经扬起，只需再有一眨眼的工夫，它就能飞起来。真正是再有一刹那，可是没有它需要的一刹那，它刚要飞起来呢，韦尤什卡一扑闪，把它的尾巴给咬住了，骨头从它的嘴里滑落了……

好出风头的喜鹊好不容易挣脱了，但整条漂亮的长尾巴——喜鹊闪光的长尾巴，落在了韦尤什卡的牙齿间了，像一把锋利的短剑，长长地翘起在韦尤什卡嘴的两边。

谁见过没有尾巴的喜鹊？甚至很难想象一只以抢劫为能事的喜鹊可以没有这漂亮的尾巴！它如今丢了尾巴会变成什么模样，还怎么去见它的伙伴？没有尾巴的喜鹊一定会让人觉着怪模怪样的，怎么看怎么不是东西！因为在这只喜鹊身上，已经没有半点可供喜鹊自豪的资本了，从它身上不但看不出喜鹊的样子，就连鸟儿的模样也没有了——它只是一个有头有脑的五彩圆球了。

没有尾巴的好出风头的喜鹊，此刻停歇在附近的一棵树上，另外六只喜鹊都向它飞来。从喜鹊们“叽叽喳喳”乱叫乱跳的情形看来，喜鹊的生活中再没有比失去尾巴更糟糕、更蒙受奇耻大辱的了。

会说人话的白颈鸦

我来讲个故事，这是早年的事了。那是在一个荒年里碰到的事。一只年轻的黄嘴小白颈鸦，老喜欢飞到我的窗台上来。看得出，它是个孤儿。那时候，我藏着整整一袋荞麦米，所以天天尽吃荞麦饭。现在，一只小白颈鸦飞来了，它一来，我就给它撒些荞麦米，问：

“小家伙，你想吃饭吗？”

它啄了几嘴，就飞开了。每天都这样，整整一个月都这样。对于我所问的话“小家伙，你想吃饭吗？”我很希望它能够说“我想”。

但它对我的问话，只是张开黄黄的嘴巴，伸出红红的舌头。

“看来不行。”我很生气，打消了教它说话的念头。

快到秋天的时候，发生了一桩不幸的事：我到柜子里去取荞麦米来做饭，却发现里头一粒荞麦米也没有了，像贼进来洗劫过一样，连盘子里的半根黄瓜也被掳（lǔ）了去！我只好饿着肚子上床睡觉。一整夜，我都翻来覆去地睡不着。早晨起来，我往镜子里一照，哎呀，脸色都发青了。

笃！笃！谁在叩我的小窗？

原来是白颈鸦在窗台上啄我窗子的玻璃呢。

“这不是肉吗！”我心里想。

我打开窗子，想要逮住它。可是它离开窗台，飞到树上去了。我爬上窗口去追它，我去摇动树枝，它就飞到高处去蹲着；我爬上树，它就飞得更高些，直飞到树顶上。我不能再往上爬了，因为树摇晃得太厉害了。它简直是个骗子，它在我上头对我说：

“小——家伙，你——想吃——饭吗？”

兔子在白天过夜

早上，小齐娜和我，我们两个一起跟着兔子的脚印走。昨天，我的狗把这只兔子从老远的一片林子一直赶到我们住的地方来了。这只兔子是回到它原来在的林子里去了呢，还是在挨近人住的一个什么小凹坑里待下了？

我们在田野里绕了一圈，终于找到了兔子回去的踪迹。这脚印还是刚踩下的。

“从这脚印来看，它是回到原来的林子里去了。”我说。

“那么，兔子在什么地方过夜呢？”小齐娜问。

小齐娜这一问，问得我愣住了，过一会儿我回过神来回答：

“我们是晚上睡觉的，兔子却是在夜间活动的：

它晚上到这儿来，白天到林子里去过夜；现在，它一准是在它的林子里休息了。我们晚上睡觉，而兔子是白天过夜。因为对它们来说，白天无论什么地方都要比夜里可怕得多。白天随便什么野兽都会来欺负它们的。”

蚂蚁

我打了几只狐狸，打累了，很想找个地方休息一下。可是森林里处处都是雪，找不到一个可以落座的地方。我东张西望，无意中把目光落在一棵树上，那树根四周隆起一个很大很大的蚂蚁窝。

我趴到蚂蚁窝上面，扒开雪，从上头掏呀，掏呀，把蚂蚁用松针啦，树枝啦，树渣木屑啦等东西堆筑而成的怪东西挖开了一块。我就在这蚂蚁窝温暖的小凹坑上坐了下来。当然啦，蚂蚁还不知道我就坐在它们的门口，它们这会儿在很深的洞底睡得正香哩。

在比我现在休息的这个蚂蚁窝高一点的地方，有人把树皮切割了一圈，好大的一圈啊，在露出白生生的木质的地方，结着厚厚的一层树脂。这圈树皮一剥，树液的流动就没有通道了，就断绝了路径，这样一来，这棵树难免要枯死了。

最常见的是，啄木鸟把树皮一圈一圈地啄掉，但它不会啄得这么光溜溜、一丝不剩的。

我在扒开的蚂蚁窝上舒舒坦坦地坐了一阵，就走了。第二年，当天气已经相当暖和的时候，我又在一个偶然的机会，回到了这个蚂蚁窝旁边，这时蚂蚁全都醒了，都爬到窝外来了。

我看见亮晶晶的树脂覆盖着的一圈树干伤口上布满了黑色的斑点，于是我掏出放大镜来把它们看个仔细。原来，这些黑色斑点全是蚂蚁。我不明白，它们究竟为什么非要通过这圈布满树脂的树干不可。

要弄清蚂蚁的事情，就得长时间耐心地观察。蚂蚁在自己窝边的树干上爬上爬下，这我在树林里观察过多次了，不过我倒还从来没注意到这么一点。一只蚂蚁在树上急急忙忙地爬呀，爬呀，它们为了什么？往哪儿去？是有重要的事情呢，还是只不过玩玩而已？这些值得耐心去弄清楚吗？然而这会儿我看得出来，不仅仅是一部分蚂蚁，而是所有的蚂蚁都必须打开一条往上去的通道。它们兴许是要到树的顶端去，但这圈树脂成了它们往上前进的障碍，于是全窝蚂蚁行动起来，全力以赴排除这个障碍。

今天蚂蚁窝里进行了总动员。全窝蚂蚁都在往树上爬，蚂蚁国里的所有国民都攒（cuán）动在一圈树脂的下方，它们聚成黑乎乎的一圈，艰难地爬行着。

侦察蚁走在最前头，千方百计想要冲过这树脂层爬上去。它们一只跟着一只地冲锋，一只跟着一只地陷进了树脂黏液里，牺牲了。后面的侦察蚁马上爬上自己同伴的尸体，一点一点向前推进。无论轮到谁做后面侦察蚁的桥梁，谁都一样地毫不迟疑、奋不顾身。

它们排成宽阔的横队向前推进。我眼看白的一圈暗淡下去，盖上黑乎乎的一层：这是先头蚁队不惜牺牲地扑上了树脂，用自己的身体为后头的蚁群铺起的通道。

就这样，短短半小时光景，蚂蚁把粘满树脂的一圈都盖黑了。它们沿着这条通道跑上去，利落地前去完成自己的事业。一队队蚂蚁往上跑，一队队往下跑，处处都是跑动的蚁群。它们顺着这座蚁体铺成的桥梁，就像行动在树皮上一样，把事儿干得如火如荼（tú）。

松鼠的记忆

今天，我在雪地上读野兽、鸟类和其他动物的踪迹。按照这些踪迹，我读出了：在这雪地上有一只松鼠钻进了一片苔藓里，从里头取出两颗去年藏在这儿的榛子，当即吃了，接着再跑十来米路，又钻下去，在雪地留下两三个榛子壳，接着再跑几米路，第三次钻下去。

这可奇了！千万别以为它隔着一层冰雪，能嗅到榛子的香味。应当这样认为，从去年秋天起，它就记得离枞树数厘米远的苔藓中藏有两颗榛子……而且，它记得那么准确，用不着仔细用心去估摸，仅仅用它的眼力就能肯定它藏榛子的那个地方，钻了进去，马上取出来。

树桩——蚂蚁窝

跟小齐娜一起在林中散步的时候，我们发现有些老树桩，像瑞士干酪似的，浑身满是小窟窿，却还牢牢地保持着原来的形状，小齐娜坐上去，想在那上面歇一歇。但是，她一坐上那树桩，树桩就仿佛枕头似的，一下陷落下去。

“赶快站起来！”我叫道。

当小齐娜站起身来时，我们看见，从各个小窟窿里爬出成群成群的蚂蚁来，原来，这表面上看起来挺结实的树桩，其实只是样子还像树桩，里头却是一个完整的蚂蚁窝。

小白杨感到冷

秋日里，艳阳高照，枞树林边上聚集着色彩斑驳的小白杨树，一棵紧偎着一棵，一棵挤向一棵，好像它们在枞树林里感到冷似的，就都到林子边上来晒太阳。

这很像我们村里的农人们，冬天也常出来到墙根土台上坐坐，说说闲话，聊聊天。

树和树说悄悄话

枝头刚冒出了嫩芽，巧克力色的、尖尖的小嘴儿，微微透着点儿绿，每张小嘴上，都挂着一大颗明亮的露珠。

要是你摘一棵嫩芽，用手指捻碎，你就会闻到一股树脂的气味儿，也许是白桦树的，也许是杨柳树的，也许是李子树的。

闻着这股浓浓的嫩芽的气息，你会立刻想起以前摘那些黑亮黑亮的莓果的情景。你会想起你吃莓果的时候，是一把一把送进嘴里去的，连核儿也没有吐。哦，味道可真鲜美呀！

春天的夜是这般温暖，这般静悄悄。你总觉得好像有什么在这静悄悄中发生。这不，树和树开始细声儿说话了：一株小白桦树在这边儿叫着，另一株小白桦树在那边儿应着；一棵小白杨树，绿茵茵的，在林中空地上生长出来，它摇摆着细嫩的树枝儿，招呼另一棵同它一样的小白杨树，让它到自己这边儿来；李子树和李子树会互相伸出细细嫩嫩的枝条，像小朋友和小朋友把手牵在一起。

树跟我们人一样要说话。只是，我们说话用声音，而树们说话，用的是各自的气味。

林中空地

白桦树把自己最后一批金灿灿的树叶撒落在枞树上，撒落在已经开始冬眠的蚂蚁窝上。

我在林间小路上走着。秋天的森林简直就是一片无边无际的海洋，而一块块的林中空地就是它的一个个岛屿。

在这岛屿上稀稀疏疏矗立着几棵枞树，我就在枞树下面席地而坐，好歇上一口气。

这些枞树，似乎所有的生命迹象都显示在上头的树冠部分。那里有松鼠，还有交喙（huì）鸟，正忙着储备充足的冬粮。在我目力不及的地方，一定还有许多动物在为度过寒冷的冬季而日夜不停地忙碌着。枞树下阴沉沉的，有些暗，只见各种果壳从树顶的枝叶丛中呼啦呼啦地撒落下来——这是松鼠和交喙鸟在剥枞果，吃美味的果仁哪。这枞果核如果落在地上，就会长出枞树来，就像此刻我头上的枞树这样高高大大。

这些枞果核，风会把它们带得很远，落到光裸的白桦树下。

小枞树会从地里长出来。经受不住烈日和严寒而落下来的白桦树叶，会盖住来年要生长出来的枞果，使它们得以温暖地过冬。

如今，这小枞树要把白桦树挤开。枝稠叶密、绿荫如盖的枞树要在白桦树旁站立起来，树枝相互连理，树叶彼此交错。

我静静地坐在林中空地的一棵枞树下。我静静地听着秋叶飘落所发出的细语似的窸窣声。

这落叶的窸窣声响成一片，吵醒了沉睡在树下的兔子们，它们站起来，一溜烟儿，跑出了森林，不见了踪影。

瞧，当中有一只兔子从稠密的枞树林里走出来，停住一看，看见了这林中空地。

兔子竖起耳朵倾听，用后腿站起，向四周张望了一会儿——到处都是一片窸窣声，往哪儿跑好呢？

它不敢直接从林中空地穿过，于是开始绕着林中空地走，从一棵白桦树蹿到另一棵白桦树。

整座森林都在落叶，哪儿都能听到窸窸窣窣、窸窸窣窣的声响，像是暗中有谁在低声耳语。这时在树林里走，要是心发慌、胆生寒，那就寸步难行。

兔子竖起耳朵听着，仿佛总是觉得有谁在它身后耳语着、追踪着似的，它害怕起来，无声无息地溜之大吉。

当然，兔子也可以什么也不怕，可以大起胆子，不左顾右盼，大摇大摆地走。不过，那它就免不了要倒大霉：狐狸正趁着这满耳的窸窣声，暗中观察、尾随，然后在这窸窣声的掩盖下忽然跳出来，还没有等兔子回过神来，它已经一下子逮住了兔子。

林中小溪

你要是想了解森林的心灵，你只消到林间去找一条小溪，接着你就顺着它的岸边往上走。初春时节，我就曾在我那条可爱的小溪岸边走过。下面就是我那时在那儿见到的、听到的和想到的。

我看见，溪流在水浅的地方遇到枞树树根的障碍，于是溪水冲着树根发出琤（chēng）琤的声响，冒出气泡来。这些气泡一冒出水面就很快随水流漂走，不久就消泯（mǐn）了，而大部分气泡会被水流带到新的树根那儿，挤成白花花的一片，老远就能望见。

溪水遇到一个又一个的障碍，但它照样流淌，聚起一股股的水流，有如面临一场不可避免的搏斗，在出击前收紧一块块的肌肉。

水面颤动着，阳光把颤动的水影投到枞树和青草上，水影就在树干和青草上粼粼地荡漾。水在颤动中发出淙（cóng）淙声，青草就在悠悠的乐声中生长。

流过一段开阔的浅滩，水流湍急地注入狭窄的深水水段，这无声的急流，就像是紧紧绷起的肌肉。太阳也来凑热闹，让急流影子的柔光不停地在树干上和青草上忽闪。

溪流遇上山石之类的大障碍，就会发出嘟嘟囔囔的声响，像是在表示郁积在肚子里的不满，这嘟囔声和从障碍上飞溅过去的声音，远远就能听见。不过，这不是示弱，不是抱怨，也不是绝望，这些属于人类的感情，在水那里自然是没有的。每一条小溪都深信自己终会到达自由的境域，纵然前方有山，也会将它一举劈开……

太阳倒映在水面上，那涟漪的影子，如轻烟般在树干和青草上无尽无休地晃荡着。在小溪淙淙的流淌声中，蕴蓄汁液的嫩芽在舒展，水下的草长出水面，岸上茵茵的绿草因得到水的滋润，而更加青葱、繁盛了。

这儿是一个旋涡，静静的旋涡中心，有一棵歪倒的树，几只背部发亮的甲壳虫在平静的水面上不断打旋，激起了圈圈潋（liàn）滟（yàn）的波光。

水流在低微的嘟囔声中沉稳地流淌着，它们兴奋得情不自禁彼此呼唤：好多支激涌的溪水流到一起，汇合成一股大的水流，相互间叙说着，呼唤着——这是来到一起却又很快要分开的水流在为对方祝福哩。

水流掀动着新结下的嫩黄色花蕾，花蕾又倒过来在水面激荡起波纹。生活中的小溪，就这样一会儿泡沫浮泛，一会儿在花和晃动的影子中间声声招呼。

有一棵树，是早已横堵在小溪上的，春天一到，出人意料地竟长出了一片新绿。但是这树堵不住溪流，溪水在树下找到了前行的路，急促地奔流着，晃着颤动的水影，发出潺（chán）潺的声音。有些草早已从水下钻出来了，现在立在溪流间频频点头，算是对影子颤动和小溪奔流的回应。

就让途程当中有阻塞吧，就让阻塞出现好了！有障碍才有生活——途中要是没有阻塞，水就会毫无生气地直流进大洋了，就像浑浑噩噩的生命离开毫无生气的机体一样。

小溪流淌的途中，有一片宽阔的洼地。溪流毫不吝啬地注入那片洼地，将它灌满，接着又向前奔去，而留下那水洼过它自己的日子。

一棵枝叶茂盛的矮树被去年冬天的积雪压弯了，枝条垂挂到小溪中，很像是一只灰灰的大蜘蛛趴在水面上，轻轻摇晃它那些细长细长的腿。

枞树和白杨的种子在水面漂浮着。

小溪流经森林的全程，是一条充满持续搏斗的道路，时间就从这当中创造出来。搏斗相继发生，生活和我的意识就在这相继的搏斗中形成。是的，若是小溪前进的每一步没有这些障碍，水就会即刻流走，也就根本不会有生活和时间了……

小溪在两岸紧紧地相夹中，产生一股股水流，它们一边像扭动着肌肉似的奋力前进，一边彼此呼唤。春天的小溪总是满怀着激情，不倦地反复说："我们总有一天会流入大洋的。"

小溪的春水注满了岸边一个圆形的水湾。一条去年发大水时留下的小狗鱼，被困在这水湾的春水中。

完全意想不到，你顺着小溪竟会突然来到一个寂静的地方。你会听见，一只灰雀低声的鸣叫和一只苍头燕雀掀动枯叶的沙沙声，这声音竟会响遍整片树林。

有时，一些强大的水流，或者有两股水的小溪，像两股丫杈似的汇合起来，全力冲击着百年枞树的许多粗壮树根所加固的陡岸。

我坐在树根上，一边休息，一边聆听陡岸下强大的水流悠然地彼此呼唤。这感觉真是惬意啊！

小溪流过小白杨树林时，溪水汪汪漾漾，像一片开阔的湖面。然后，溪水涌向一个角落，再从一米高的悬崖上呼啦一下坠落下来，在很远的地方就能听见从那边传来的哗哗声。于是一边是哗哗的瀑响，一边是小湖上轻泛的涟漪，密集的小白杨被溪流冲歪在水下，像一条条长蛇似的一个劲儿要顺流而去，而自己的根却死活拽住树木不放。

小溪使我不时地驻足，而白杨树幼芽吐露的清芳更让我流连忘返。

小溪从密林里淌出来，淌到空地上，水面在明丽的春阳照耀下豁然开阔了起来。这里，从水中蹿出第一朵小黄花，还有蜂房似的一片青蛙卵，有些已经成熟了，在一颗颗透明的小圆球里都能看得到黑乎乎的小蝌蚪了。也是这儿的水面上，有许多几乎同跳蚤一般小的浅蓝色苍蝇，贴着水面飞一阵就落在水中。它们短促的一生，就在这样的一飞一落间结束了。有一只水生小甲虫，浑身似铜质的器皿般闪闪发亮，在平静的水面上直打转，还有一只姬（jī）蜂四面八方到处乱窜，水面却纹丝不动。一只布满黑星点的黄粉蝶，硕大而鲜艳，在平静的水面上悠悠翩跹（xiān）。这水湾周围的小水洼里长满了花草，早春柳树的枝条已经开花，那花似黄毛小鸡般柔柔茸茸。

小溪此刻怎么样了呢？一半溪水找了一条道，流向一边去，另一半溪水流向另一边。它们为各自的信念分道扬镳（biāo）了：一部分溪水说，这一条道能早一点到达目的地；另一部分溪水则认为，往另一边走才是近道。于是它们分开了，各循自己的方向，各走自己的路了。它们绕了一个大弯子，彼此之间形成了一个大孤岛，而后，它们又重新兴奋地汇合到了一起。这时，它们才终于明白：对于水来说，道路没有优劣之分，所有的道路早晚都会把它们带到大洋的。

我的家乡

我的母亲每天都起得很早，太阳升起前她就起来了。有一天，我也在太阳升起前就起床了，为的是在天亮前把逮鹌鹑的几个捕鸟器布放好。母亲总是在天明前就给我煮好了奶茶。奶茶在小小的土锅里沸腾着，浮面会泛起红殷殷的泡沫，泡沫下面的奶茶味道格外好，这样的茶真是太好喝了。

母亲为我煮的奶茶使我养成了一个好习惯：在太阳升起前早早起床，喝母亲煮的美味奶茶。我现在都习惯于清晨就起来，每天都在太阳出来前就醒过来了。

后来，我在城市生活，早上也还是起得很早。现在，我天天都同所有的鸟兽一起苏醒，然后开始写作。

我常常想：要是我们为了工作，而天天同太阳一起醒来该多好啊！这样，大家都会生活得健康、快乐和幸福。

喝完早茶，我就到树林里去，同各种各样的鸟在一起是非常有趣的。

到树林里去，我每每都有新奇的发现，去寻觅我过往没有见识过的东西，寻觅那些任何人都没有接触过的事物……

我可以做的事很多，我可以走的路也很多。

我年轻的朋友们哪！我们是大自然的主人。大自然是太阳的宝库，这宝库里有无数生命的宝藏。我们对这些宝藏保护得很不够，为了更好的保护，我们首先必须让人们知道这些宝藏是什么样子的，让人们认识到这些宝藏存在的意义。

鱼类需要清洁的水——我们要保护好水源。森林里、草原上、山峦间，那里有种类繁多的动物——我们要保护好森林、草原和山峦。

给鱼最好的水，给鸟最好的空气，给野兽最好的森林、草原、山峦。人总得有自己的祖国，而保护好大自然，就意味着保护好自己的祖国。

（全书完）

孩子们和野鸭子

作者：[苏]米·普里什文　译者：韦　苇

特约编辑：隋志萍　主编：周颖琪
内文排版：王　莹　内文插画：晓　茑
技术编辑：丁占旭　责任印制：刘世乐　出品人：王　誉

营销团队：张　超　张舰文
设计团队：青　椒　李　剑　王佳梦依　陆　云

果麦
www.goldmye.com

以 微 小 的 力 量 推 动 文 明

图书在版编目（CIP）数据

孩子们和野鸭子 /（苏）米·普里什文著 ; 韦苇译.
南昌 : 二十一世纪出版社集团, 2025. 8（2025. 10重印）. -- ISBN 978
-7-5568-8134-5

Ⅰ. I512.85

中国国家版本馆CIP数据核字第 2025AK0127 号

孩子们和野鸭子

HAIZIMEN HE YEYAZI　［苏］米·普里什文 ◎ 著　韦 苇 ◎ 译

编辑统筹	方 敏	**开　本**	880 mm × 1230 mm　1/32
责任编辑	吴慧玲	**印　张**	5.75
特约编辑	隋志萍	**字　数**	75千字
装帧设计	王佳梦依	**印　数**	5 001~10 000 册
出版发行	二十一世纪出版社集团 （江西省南昌市子安路75号 330025）	**版　次**	2025年8月第1版
		印　次	2025年10月第2次印刷
网　址	www.21cccc.com	**书　号**	ISBN 978-7-5568-8134-5
印　刷	北京顶佳世纪印刷有限公司	**定　价**	32.00 元

赣版权登字-04-2025-506